Juana Manuela Gorriti

EL POZO DEL YOCCI

- STOCKCERO -

Gorriti, Juana Manuela
  El pozo del Yocci - 1a ed. - Buenos Aires : Stock Cero, 2006.
  84 p. ; 22x15 cm.

  ISBN 987-1136-41-2

  1. Narrativa Argentina. I. Título
  CDD A863

Juana Manuela Gorriti

El pozo del Yocci

basada en la edición de
Buenos Aires, Imprenta y Librerías de Mayo, 1876

Indice

A MARIA PATRICK

Cuando al escribir estas líneas, te las dediqué, Mary, lejos estaba de imaginar que cuando las publicara, traicionados los vínculos que nos unían, y la probidad del más noble de los sentimientos, esta dedicatoria había de ser para ti un sangriento reproche. Que Dios te perdone, Mary, como te perdona el corazón que destrozaste sin piedad.

Mediar - to be halfway through

añejo - mature

encandenar - chained up

despuicear - to derange

seno - breast bosom shelter

arder - burn, smoulder

– I –

EL ABRA[1] DE TUMBAYA[2]

Mediaba el año de 1814. La libertad sudamericana había cumplido su primer lustro de existencia entre combates y victorias; era ya un hecho: tenía ejércitos guiados por heroicos paladines, y desde las orillas del Desaguadero [3], hasta la ciudadela de Tucumán, nuestro suelo era un vasto palenque [4], humeante, tumultuoso, ensangrentado, que el valor incansable de nuestros padres, disputaba palmo a palmo, al valor no menos incansable de sus opresores.

En aquel divorcio de un mundo nuevo, que quería vivir de su joven existencia, y de un modo añejo, que pretendía encadenarlo a la suya, decrépita y caduca; en ese inmenso desquiciamiento de creencias y de instituciones, todos los intereses estaban encontrados, los vínculos disueltos; y en el seno de las familias ardía la misma discordia que en los campos de batalla.

A los primeros ecos del clarín de mayo[5], los jóvenes habían corrido a alistarse bajo la bandera de los libres. Los viejos, apegados a sus tra-

---

1   *Abra*: zona ancha y despejada entre dos montañas o grupos montañosos
2   *Tumbaya*: zona ubicada al norte de la Provincia de Jujuy, Argentina, a la entrada de la *Quebrada de Humahuaca*
3   *Río Desaguadero*: también llamado Salado - Chadileuvú y Curacó, es el colector de la cuenca homónima que recibe las aguas de los ríos   Jáchal, Mendoza, Tunuyán, Diamante y Atuel. Desemboca en el Atlántico a través del río Colorado
4   *Palenque*: estacada preparada en el campo para ganado vacuno o caballar. También designa el poste o armazón de madera para amarrar las cabalgaduras a la entrada de las casas, pulperías y almacenes de campaña

pisar - to tread on   alejarse - to move away
arrastrar - to drag   vagar - wander, roam   cuán - how
cabellera - long hair   cana - grey   hallar - to find   dicha - joy

diciones, volvían los ojos hacia España; y temiendo contaminarse al contacto del suelo rebelde que pisaban, recogían sus tesoros, y se alejaban desheredando a sus hijos insurgentes y dejándoles por único patrimonio una eterna maldición.

Vióseles a centenares, arrastrando consigo el resto de sus familias, vagar errantes, siguiendo los ejércitos realistas en sus peligrosas etapas al través de frígidos climas, o marcharse a la Península, dejándolas abandonadas entre hostiles pueblos del Alto Perú.

De esos tristes peregrinos, cuán pocos volvieron a ver el suelo hermoso de su patria. Dispersos, como los hijos de Abraham, moran en todas las latitudes; y en las regiones más remotas, encontraréis con frecuencia, bajo una cabellera cana dos ojos negros que han robado su fuego al sol de la Pampa, y una voz, de acento inolvidable traerá a vuestra mente el radiante miraje[6] de esa tierra amada de Dios.

Sin embargo, los que a ella regresaron, en fuerza del tiempo y de acontecimientos, vinieron tristes y devorados de tedio.

Pensaron hallar en sus hogares la dicha de la juventud, y encontraron, sólo, un doloroso tesoro de recuerdos.

Al ponerse el sol de una tarde de octubre, tibia y perfumada, una columna, compuesta de un escuadrón, y dos batallones, subía la quebrada de León, mágico pensil[7] que desde la tablada de Jujuy, se extiende, en un espacio de nueve leguas, hasta las mineras rocas de El Volcán.

Era aquella fuerza la retaguardia de las aguerridas tropas que, victoriosas en Vilcapugio[8], invadieron segunda vez el territorio argentino, y que retrocediendo ante las improvisadas huestes de San Martín, se retiraban, sino en desorden, llevando, al menos, vergüenza y escarmiento.

En pos de la columna, y cubriendo todos los senderos de la quebrada, venía una numerosa caravana, compuesta de jinetes, bagajes y literas.

Era la emigración realista.

Eran los godos, que se alejaban murmurando con rencor el *judica me Deus*[9]; mientras obcecados por una culpable ceguedad, arrastraban

5   Se refiere al 25 de mayo de 1810, inicio de la revolución contra el colonialismo español, que dió pié a la declaración de independencia del 9 de Julio de 1816

6   *Miraje*: (galicismo) del francés *Mirage*, espejismo

7   *Pensil*: colgado en el aire; (metáf.) jardín colgante o delicioso

8   *Vilcapugio*: batalla librada el 1° de octubre de 1813 entre el Ejército del Norte al mando del general Manuel Belgrano y las tropas realistas

9   *Judica me, Deus*: Salmo XLIII que comienza "Judica me Deus, et discerne causam mea de gente non sancta, ab homine iniquo et doloso erue me" (Júzgame, oh Dios, y aboga mi causa; líbrame de gente impía, del hombre de engaño e iniquidad).

tibia - warm   aguerrida - veteran, experienced   hueste - host

a sus hijas, coros de hermosas vírgenes, hacia aquella gente *non sancta*, entre la cual tantas fueron profanadas.

Numerosas falanges de guerrilleros patriotas coronaban las alturas de uno y otro lado de la quebrada, flanqueando al enemigo con un vivo y sostenido fuego.

Los realistas rugían de cólera ante la imposibilidad de responder a esa mortífera despedida de adversarios, que, ocultos entre los bosques que cubren nuestras montañas, los fusilaban a mansalva, acompañando sus descargas de alegres y prolongados hurras.

En fin, diezmados, y pasando sobre los sangrientos cadáveres de sus compañeros, los españoles llegaron a la boca de la quebrada. Los cerros, en aquel paraje, apartándose a derecha e izquierda, forman un vasto anfiteatro cortado al norte por el Abra de Tumbaya, honda brecha abierta por la ola hirviente del volcán que le dio su nombre. Figura una ancha puerta, que, cerrando el risueño valle de Jujuy, da entrada a un país árido y desolado, verdadera Tebaida [10], donde acaba toda vegetación. Enormes grupos de rocas cenicientas se alzan en confuso desorden sobre valles estrechos, sembrados de piedras y de salitrosos musgos. Nunca el canto de una ave alegró esos yermos barridos por el cierzo [11] y los helados vendavales; y cada uno de aquellos grises y pelados riscos, parece una letra, parte integrante del fúnebre *lasciate ogni speranza* [12] de la terrible leyenda.

La columna realista atravesó el solemne paso.

Siguióla el inmenso convoy de emigrados, que al trasponerlos, volvieron una dolorosa mirada hacia la hermosa patria que dejaban.

Nosotros también, un día de eterno luto, paramos en esa puerta fatal, y al contemplar los floridos valles que era forzoso abandonar, y los dédalos de peñascos sombríos que al otro lado nos aguardaban, invocamos la muerte... Y después... después, la alegría y la dicha volvieron; y perdido nuestro edén, bastónos el cielo azul; y encontramos poesía en aquellos peñascos, y los amamos como una segunda patria. ¿En qué terreno, por árido que sea, no te arraigas, corazón humano?

Guerreros y peregrinos, atravesada el Abra, desfilaron a lo largo de los fragosos senderos, y se alejaron, confundiéndose luego con la bruma del crepúsculo... para perderse después en ese huracán de balas

---

10   *Tebaida*: región desértica en el Alto Egipto donde los Santos Anacoretas Cristianos hacían retiros para orar
11   *Cierzo*: viento seco y frío que en Europa sopla del noroeste
12   Se refiere a la leyenda ubicada en la entrada del Infierno, Canto III, *Divina Comedia* de Dante Alighieri (1265-1321)

de metralla que, durante catorce años, barrió Sudamérica del septentrión al mediodía.

metralla – shrapnel

barrer – sweep away

[Handwritten annotations:]
quebrado – rugged
fogata – fire, bonfire   ramaje – branches (pl)
durazno – peach (LAm)   lumbre – fire
huraño – unsociable   lecho – bed
morar – dwell, live, abide
vivac – bivouac

– II –

El vivac

L
as sombras han sucedido al día, y a su bélico tumulto la plácida calma de la noche.

En el fondo de la quebrada, a la orilla izquierda del río de León, una línea de fogatas eleva sus rojas llamas bajo el ramaje florido de los duraznos. Es el campamento de los guerrilleros patriotas.

Allí, centenares de hombres de razas, costumbres y creencias diversas, unidos por el sentimiento nacional, guerrean juntos; partiendo la misma vida de azares y de peligros; y en aquel momento, sentados en torno de la misma lumbre, reunidas en pabellones sus heterogéneas armas, y mezclando sus dialectos, se abandonan a las turbulentas pláticas del vivac.

Allí se encuentran, al acicalado bonaerense; el rudo morador de la pampa; el cordobés de tez cobriza y dorados cabellos; y el huraño habitante de los yermos de Santiago, que se alimenta de algarrobas [13] y miel silvestre; y el poético tucumano, que suspende su lecho a las ramas del limonero; y los pueblos que moran sobre las faldas andinas; y los que beben las azules aguas del Salado, y los tostados hijos del Bracho [14],

13   *Algarroba*: fruto del algarrobo, árbol de madera dura. La corteza se usa para curtir cueros. La goma-resina que expide su tronco se usa para teñir de color oscuro. Su fruto, en vaina, es comestible y muy alimenticio
14   *El Bracho*: zona baja, en algunas partes inundable, que abarca parte del actual Santiago del Estero y Tucumán

Cabalgar – to ride
flaco – thin, skinny
mozo – young, youngster
ala – wing *avestruz – ostrich*
víveres – provisions
achacar – attribute
fiero – ferocious

que cabalgan sobre las alas veloces del avestruz; y el gaucho fronterizo, que arranca su elegante coturno[15] al jarrete de los potros.

—Qué flaco está el rancho[16], sargento Contreras –exclamó un mulato salteño, dirigiéndose a cierto hombrón de rostro bronceado y ondulosa cabellera, mientras revolvía un churrasco en las brasas del hogar–. Nadie diría que hoy hemos matado tanto gallego de mochila repleta.

—Y llevando un convoy de víveres frescos, que no había más que pedir.

—¡Al diablo el comandante Heredia y su fuego de flanco! Otra cosa habría sido, si mandara cargar por retaguardia: ni un sarraceno pasara el Abra para ir a contar el cuento. ¡Que no hubiese hecho cada uno como el capitán Teodoro: desobedecer y atacar!

—¡Pobre capitán Teodoro! ¡tan valiente y tan buen mozo!

—Hubiéralo yo seguido, si me encuentro cerca de él.

—Yo me hallaba entonces a la otra banda del río, encaramado en la copa de una ceiba[17] vaciando sobre aquellos diablos la carga de mi fusil; y vi al capitán arrojarse, espada en mano, al centro de la columna. ¡Caramba! ¡Hubo un fiero remolino! Estocada por aquí, mandoble por allá... Luego sonaron casi a un tiempo cuatro tiros, y... todo se acabó... ya sólo vi un caballo que huía espantado río abajo.

—Yo hacía fuego, acurrucado en el hueco de un tronco, y vi al pobre capitán caer atravesado de balas. Por más señas que de una litera salió un grito que me partió el corazón. Fue una voz de mujer: de seguro era algo de él.

—O del oficial godo que mató del primer hachazo. ¡Pulsos tenía el capitán Teodoro!... y eso que no llegaba a veinte años.

—¡Teodoro! ¿Por qué no llevaba apellido?

—¡Quién sabe!

stubborn

—Yo lo sé: porque su padre es un gallego ricacho y testarudo, que le achacaba a delito el servir en nuestras filas, y lo había desheredado, y hasta quitádole el nombre.

—¡No importa! así, Teodoro a secas, era un valiente soldado. ¡Malhaya la mano que le mató! No le pido más a Dios, sino el consuelo

---

15   *Coturno*: calzado de plataforma que utilizaban los actores griegos. Se trata de una metáfora ya que el gaucho utilizaba los jarretes de potros para confeccionar las llamadas botas de potro, calzado de cuero crudo bien sobado extraído de la pierna de un potro o vaca de entre el garrón y la canilla. Algunas dejaban desnudos los dedos del pie para poder tomar los estribos de botón

16   *Rancho*: (loc.) alimento de la tropa

17   *Ceiba*: (Pentandra Gaertin) árbol gigante de América tropical. Su fruto produce algodón silvestre llamado "kapoc"

de ponerle a tiro de mi cuchillo.

—¿Dónde cayó el capitán?

—En la angostura del río, más allá de los cinco alisos, al salir a la altura de los sauces. El mayor Peralta fue ya en busca de su cuerpo.

—¡Hum! ¡Quién sabe si podrá encontrarlo!

A esa hora, el sol no se había puesto; y una pandilla de cóndores revoloteaba en el aire. Esos diablos en un momento despabilaban el cadáver de un cristiano...

—¿Quién vive? —gritó a lo lejos la voz de un centinela.

—¡La Patria!

—¿Qué gente?

—Soldado.

Y un jinete, llevando en brazos un cadáver, entró en el recinto del campamento.

—Por aquí, Peralta —gritó un hombre, saliendo de la única tienda que había en el campamento.

—¿Logró usted encontrarlo?

—Sí, comandante —respondió, con voz sorda, el otro; ¡aquí está!

El comandante recibió en sus brazos el cadáver y lo condujo a la tienda, donde lo acostaron sobre una capa de grana bordada de oro, despojo que, al principio de la campaña, había el comandante Heredia tomado al enemigo.

—He ahí, a donde conduce un ardimiento imprudente —exclamó el jefe dando una mirada de dolor al rostro ensangrentado del muerto—. ¡Pobre Teodoro! Acometió una locura, que ni aun sus veinte años podían excusar: ¡arrojo inútil y temerario, que lo ha llevado a la muerte! ¡Se habría dicho que la buscaba!

—Sí —respondió aquel que había traído el cadáver—, fue a su encuentro; pero así lo exigía el deber. No se compare usted con él, comandante. El alma de usted es reflexiva, fría y reside en la cabeza: la suya moraba en el corazón.

—¡Locos! —murmuraba Heredia, abandonando la tienda, convertida en capilla ardiente—. ¡Locos! Traer a esta guerra sagrada el imprudente arrojo de un torneo, es robar a la patria la flor de sus campeones. ¡Cuántos valientes más contaran nuestras filas con algunas calaveradas menos!

—¡El cumplimiento de un deber! –repetía Peralta, solo ya con el cadáver de su amigo–, el cumplimiento de un deber: he ahí lo único que yo sé, noble amigo, del trágico desenlace de tu historia; pero tu fin ha sido grande y glorioso. ¡Duerme en paz!

Y sentándose en una piedra, ocultó el rostro entre las manos y se hundió en dolorosa meditación, en tanto que los rumores del campamento se extinguían, sucediéndoles el canto del búho y el aullido de los chacales, que no lejos de allí destrozaban los sangrientos miembros de los muertos.

– III –

El punto de honor

Pocos días antes de aquel en que tuvieron lugar los sucesos mencionados arriba, al promediar una noche de primavera, tibia y resplandeciente de estrellas, dos jinetes vadeaban el río de Arias, raudal límpido, que se desliza encerrado entre dos floridas márgenes perfumadas con setos de rosas, y en cuyos remansos, las hermosas hijas de Salta, van a zambullirse y triscar como las ninfas de la fábula, abandonando a la honda sus largas cabelleras.

Profundo silencio reinaba ahora en estos parajes, y sólo se oía el zumbar de los insectos nocturnos, y el manso murmullo de la corriente rompiéndose entre los guijarros.

Ganada la opuesta orilla, los dos caminantes subieron el barranco, ocultaron sus cabalgaduras entre la fronda de un matorral, y se internaron en el tenebroso paisaje, siguiendo con precaución los senderos que conducían a la ciudad, que al frente, y a corta distancia, se destacaba en vagas siluetas al misterioso claroscuro de la noche.

Salta, la heroica, la ocupada momentáneamente por tropas realistas, y circuida, casi asediada, por los guerrilleros patriotas, yacía, sino dormida, tétrica y silenciosa. De su seno se elevaba de minuto en minuto, como los gemidos de una pesadilla, el alerta inquieto de los centinelas españoles, contestado a lo lejos por las amenazantes imprecaciones de los patriotas, cuyos fuegos brillaban en la falda de San Bernardo, y sobre las alturas de Castañares.

Llegados al frente de la quinta Isasmendi, uno de los dos viajeros detuvo por el brazo a su compañero.

—Henos aquí –le dijo– a la entrada de la ciudad.

En el corto plazo de dos horas, ambos tenemos que cumplir, en parajes diversos, tú una orden del comandante, yo un anhelo del corazón. Es la una. A las tres me encontrarás en este sitio. Separémonos.

—¡Cómo! ¿No vienes conmigo? Yo creía que habías pedido licencia para acompañarme en la difícil misión de decidir a ese avaro Salas a que suelte los cordones de su bolsa para equipar nuestra gente.

—No; otro motivo me trae; motivo inaceptable para el comandante, y quizá para ti mismo, querido Peralta; por eso te hice de ello un misterio.

—¡Anhelos del corazón! Algún amorcillo de la infancia. ¡Claro está! Dejaste Salta a los doce años; pasaste siete en los claustros de la universidad cordobesa; los dejaste para servir en el ejército y hoy vuelves por primera vez a la ciudad natal... ¡Ah! ¡Teodoro! ¡Tú me sacrificas a una muñeca de escuela! Yo contaba con tu elocuencia para destruir los horribles argumentos de aquel tacaño. ¿Qué puedo decir a ese maldito enterrador de tesoros, para determinarlo a exhumar uno de ellos? Me dará un no redondo; y yo no llevo eso al comandante.

—Nada más fácil que persuadir a Salas –recuérdale su hijo Alberto, que prisionero en Vilcapugio, yace cargado de cadenas en las Casamatas del Callao[18]–. He ahí un poderoso estímulo para ablandar su avaricia.

—¡Tienes razón! Ni siquiera había pensado en ello. ¡Sea!... Pero... ¡Teodoro!... ¿Dónde vas?

—Al oírte, se diría que te interesa mucho saberlo.

—Inmensamente. Escucha. Bajo esas bóvedas que blanquean en las tinieblas, duermen o velan algunas docenas de bellos ojos que tienen cautiva mi alma.

Este exordio, ¿no te revela el recelo de tener un rival, y la necesidad de tranquilizar al amigo que te pregunta? ¿Dónde vas?

---

18 *Casamatas*: edificios fuertes, defendidos en la parte alta por artillería. Las del Callao encierran tres salas principales o cárceles, durante muchos años utilizadas como cárcel de contrabandistas

—A casa de mi padre –respondió el interrogado, sonriendo tristemente.

—¡A casa de tu padre, que te ha maldecido y cerrado sus puertas porque sigues la bandera de los libres!

—Aunque injusta, me inclino ante esa cólera, y no pretendo desafiarla. Dios, en la equidad de sus juicios, acordará a cada uno de nosotros, la parte de indulgencia que merece: al uno como americano, al otro como español.

Pero hay en esa casa, vedada para mí, un ser querido, una hermana que deseo abrazar; hay un sitio vacío por la muerte, donde anhelo prosternarme y llorar antes que mi padre, decidido a emigrar a la Península, me haya arrebatado la una y enajenado el otro. Esta llave de una puerta excusada del jardín, que yo llevé conmigo, como un recuerdo, me abrirá paso a ese recinto sagrado, donde voy a introducirme como un ladrón, en busca de tesoro de recuerdos.

—¡Perdóname, querido Teodoro! Perdona a este incorregible calavera[19] las ligerezas que viene a mezclar a los dolores de tu alma...

—Incansable charlada; ¿olvidas que el tiempo no vuelve?

—¡Tienes razón! ¿A las tres te encuentro aquí?

—Si así no fuere, ruégote que no me aguardes; vuelve solo al campamento.

Y aquellos dos hombres separáronse y tomando rumbo distinto, el uno siguió adelante y se internó en las revueltas callejuelas de la Banda, el otro torciendo a la derecha, se dirigió hacia la parte meridional de la ciudad, costeó el Tagarete[20] durante algunos minutos; atravesólo por el arco derruido de un puente, y entró en una calle flanqueada por un lado de fachadas góticas, por el otro de altas tapias, sobre las cuales desbordaba la exuberante vegetación de esos románticos jardines, que tanta poesía derraman en las vetustas casas de Salta.

Recatando el rostro, la espada y el azul uniforme de los patriotas bajo el embozo de su capa de viaje, el joven se deslizaba a la sombra de los muros, con el rápido paso del que conoce su camino, deteniéndose tan sólo, para absorber en suspiros el ambiente perfumado de la noche.

La rama de un jazmín, que descolgaba sus blancas flores sobre la calle, rozó al paso el ala de su sombrero.

19   *Calavera*: hombre de poco juicio
20   *Tagarete*: canal que se utiliza para escurrir las aguas pluviales; el de Salta era conocido como *Río de los Sauces* - Concolorcorvo, *El lazarillo de ciegos caminantes*, p 69. Stockcero ISBN 987-1136-26-9

A este contacto el joven patriota levantó la cabeza y paseó una triste mirada por los grupos de árboles que descollaban en obscuras masas al otro lado del muro.

—¡He ahí el vergel que plantaron tus manos, madre querida! –murmuró con doloroso acento–, he ahí las flores que tanto amabas. ¡Ah!, deja un momento la mansión celeste y mezclándote a su deliciosa esencia, ven a acariciar la frente de tu hijo proscrito y maldecido.

Calló; y apartando los enmarañados festones de lianas que tapizaban las paredes, buscó a tientas, y encontró una puerta que se dispuso a abrir, con la llave que había mostrado a su compañero.

Pero en el momento que la introducía en la cerradura, la puerta se abrió y en su vacío obscuro se dibujó una sombra.

Dos exclamaciones partieron a la vez.

—¡Un hombre saliendo a esta hora de la casa donde Isabel habita!

—¡Un hombre que pretende entrar a la morada de Isabel!

—¿Quién eres tú que osas cerrarme el paso?

Dijo furioso el uno.

—Soy su amante; ya ves que tengo derecho para impedirlo –respondió con aplomo el otro.

—¡Yo soy su hermano y tengo el derecho de matarte! –rugió el joven patriota, arrojándose sobre su contrario y haciéndolo retroceder hasta el interior del jardín.

—¡En guardia! infame profanador de mi honra –continuó, arrojando su embozo–, ¡defiéndete!, porque de aquí, no saldrás sino muerto o pasando sobre mi cadáver.

—Mátame –respondió el otro–, pero sabe que amo a tu hermana y que iba a ser su esposo, tan luego que la severa disciplina de campaña me permitiese demandar su mano.

Y desembarazándose de la capa que lo cubría presentóle su pecho sobre el que se cruzaban los alamares de un rico uniforme color de grana.

—¡Ah! –exclamó el patriota, paseando sobre su contrario una mirada de odio–, ¡eres un godo! ¡Bendito sea Dios, que me trae a tiempo de evitar, matándote, tu alianza, más vergonzosa que la misma deshonra!

Y los aceros se cruzaron.

La espada del patriota atacaba con furia; la del realista ceñíase a una estricta defensa.

—¡Quién vive! —gritó de repente una voz de acento español; y al mismo tiempo, las culatas de muchos fusiles descansaron con fracaso en el umbral de la puerta. Era una patrulla.

—¡Hermano de Isabel! No huyo; te salvo —dijo en voz baja el realista, ganando la puerta que cerró tras sí.

El joven patriota exhaló un rugido, y se arrojó sobre la puerta, procurando abrirla. Esfuerzos vanos: el español había dado dos vueltas de llave.

Desesperado, mirando en torno con ojos chispeantes de ira, apercibió las ramas trepadoras del jazmín y se abalanzó a ellas.

Pero en el momento que dejaba el suelo, dos brazos rodearon sus rodillas con fuerza convulsiva.

Volvióse colérico, y vio a sus pies una figura blanca, pálida y desmelenada, que le tendía las manos en angustioso silencio.

—¿Qué me quieres tú, ser desgraciado? —exclamó el joven—, vil capricho de un godo, ¡suelta! yo no te conozco, si no es para maldecirte.

Y rechazándola con desprecio, asióse al ramaje, escaló el muro y saltó a la calle. Pero ésta hallábase desierta: su enemigo había desaparecido.

Una lágrima de rabia surcó la mejilla del joven patriota.

—Infame sarraceno —exclamó—, ¡yo te sabré encontrar para arrancarte la vida, aunque te ocultes en las entrañas del infierno!

Y sombrío, silencioso, sin dar siquiera una mirada a esa casa donde venía en busca de tiernas emociones, alejóse a largos pasos y se perdió en la noche.

Poco después, en la quebrada de León, teniendo por testigos un millar de héroes, el joven patriota cumplió su voto: buscó y mató a su adversario entre las filas mismas de los suyos, y a los ojos de aquella cuya deshonra iba a vengar. Cercado de enemigos, vendióles caro su vida; pero cayó, en fin, atravesado por las balas realistas al lado de las víctimas que acababa de sacrificar.

Peralta recogió su cuerpo y lo sepultó en el cementerio de Santa Bárbara, recinto fúnebre situado a la vera del río Chico, entre los perfumados jardines de Jujuy. Un grupo de adelfas cubre su tumba, embalsamándola con la deliciosa esencia de sus rosadas flores. Quien escribe estas líneas, sentóse a su sombra un día de dolorosa memoria.

– IV –

El barro de Adán

Cinco lustros habían pasado sobre aquellos días de sacrificios y de gloria. El mismo escenario se ofrece a nuestras miradas; pero cuán diferente el drama que en él se representa.

Los héroes de la independencia, una vez coronada con el triunfo de su generosa idea; conquistada la libertad, antes que pensar en cimentarla, uniendo sus esfuerzos, extraviáronse en celosas querellas; y arrastrando a la joven generación en pos de sus errores, devastaron con guerras fratricidas la patria que redimieran con su sangre. Olvidados de su antigua enseña: unión y fraternidad, divididos por ruines intereses, volviéronse odio por odio, exterminio por exterminio. Un nombre, un título, el color de una bandera pusieron muchas veces en sus manos el arma de Caín, que ellos ensangrentaron sin remordimiento, obscureciendo con días luctuosos la hermosa alborada de la libertad.

El cáliz amargo de la ingratitud apurado a largos tragos, dio muerte al gran Bolívar, Sucre, Córdoba, Dorrego, Salaverry, cayeron asesinados o sentenciados por sus antiguos hermanos de armas; La Mar, Arenales, Gorriti habían muerto en el destierro; y en el momento que tenían lugar los sucesos que vamos a referir, los paladines de Pichincha[21] y Ayacucho[22], y los de Salta y Tucumán, separados por una doble línea de fortificaciones, enviábanse mortales saludos, anhelando, impacientes, la hora de llegar a las manos.[23]

¿Qué motivaba aquella contienda entre bolivianos y argentinos? Un trozo de tierra que juntos arrancaran en otro tiempo al enemigo. Dueños de inmensas y fértiles regiones, abandonadas a las fieras, dispútanse a sangre y fuego un rincón semisalvaje, aislado por las moles inaccesibles de los Andes.[24]

Dos campeones de la guerra sagrada mandaban ahora los ejércitos beligerantes: Felipe Braun[25] y Alejandro Heredia[26].

El uno, teniente del protector de la conferencia perú–boliviana, seide[27], el otro, del feroz dictador de la confederación argentina, cada uno de ellos hacía la guerra al uso del poder que servían. Éste lanceaba a sus prisioneros; aquel los enviaba al interior de Bolivia, de donde los hacían marchar al Perú para ser enrolados al ejército; y atravesada la frontera, Braun procuraba mantenerse en la prudente reserva prescrita

---

21 Se refiere a Andrés de Santa Cruz, quien en un principio había luchado como militar realista contra las fuerzas de Buenos Aires comandadas por Juan J. Castelli y luego por Manuel Belgrano. Hecho prisionero fue convencido por José de San Martín para plegarse al movimiento criollo. El 24 de mayo de 1822 Santa Cruz derrotó a los españoles en la Batalla de "Pichincha" obteniendo la independencia del Ecuador. La disputa por Tarija volvió a enfrentarlo con las tropas argentinas

22 Se refiere al mariscal Antonio José de Sucre, vencedor de los españoles en la batalla de Ayacucho en Diciembre de 1824 que determinó la liberación del Perú

23 Sucre, siguiendo la idea de Bolívar, sostenía que Tarija debía anexarse a la Argentina, mientras que Santa Cruz buscaba la independencia y soberanía política del Alto Perú

24 Se refiere al departamento de Tarija. El origen de la disputa son dos Cédulas Reales del 17 de febrero de 1807, mediante las cuales, el Rey de España comunicó al Virrey de Buenos Aires y al Gobernador Intendente de Potosí, la creación de la Intendencia y Obispado de Salta y la incorporación del Partido de Tarija a dicha Intendencia, segregando Tarija de la Provincia de Potosí, decisión que el pueblo reunido en Cabildo Abierto rechazó el 25 de julio de 1807

25 *Otto Felipe Braun*: General alemán nacionalizado boliviano destacado por el presidente boliviano, mariscal Andrés Santa Cruz para buscar la paz con el gobierno de la Confederación Argentina a través de Alejandro Heredia. Fracasadas las negociaciones comandó las fuerzas que derrotaron a Heredia en las acciones de Humahuaca, Iruya y Montenegro

26 *Alejandro Heredia*: 1788-1838) militar nacido en Tucumán. Fue destacado por Manuel Belgrano para entrevistar al general realista Goyeneche. Desde 1832 gobernador de Tucumán protagonizó la guerra civil contra del gobernador Pablo de Latorre de Salta. Enviado Juan Facundo Quiroga a mediar entre ellos, mientras se dirigía a Tucumán Latorre fue vencido y asesinado por Heredia quien impuso a su hermano Felipe en la gobernación de Salta (mientras regresaba a Buenos Aires Quiroga tambien fue asesinado). En 1837 Juan Manuel de Rosas colocó a Heredia al mando de las fuerzas argentinas contra Santa Cruz con el doble fin de detener el desarrollo del poder confederado boliviano-peruano y las conspiraciones antifederales de los argentinos exiliados en Bolivia; Heredia se lanzó a la invasión con sus propias fuerzas sin esperar los refuerzos de Rosas, y el 24 de junio de 1838 fue derrotado en Cuyambuyo. Poco después, mientras se dirigía a Los Lules fue muerto por partidas del ejército

27 *Seide*: fanático, sicario, asesino movido por el fanatismo de índole política o religiosa.

en su plan de campaña; Heredia, al contrario, aplaudía, celebrando con fiestas y ascensos al temerario vandalismo a que se abandonaban con frecuencia los jefes de su vanguardia, que seguidos de algunos soldados, y extraviando caminos, ayudados de la noche, burlaban la vigilancia del enemigo y se introducían en el territorio boliviano, arrasándolo, con furiosos *malones*, como llamaban ellos al pillaje que en tales ocasiones ejercían sobre personas y bienes, regresando cargados de botín a su campamento, donde eran recibidos con gritos de alegría.

Estos atrevidos golpes de mano que envolvían en sí un sangriento ultraje, llenaban de indignación al ejército boliviano, sobre todo a los oficiales jóvenes, que, contenidos a pesar suyo por la helada calma de Braun, envidiaban con venenoso despecho la salvaje libertad concedida a la audacia de sus enemigos.

– V –

La fuga

Una noche, en el consejo de guerra, exasperados por su forzada inacción, sublevábase contra las restricciones que el jefe imponía a su ardoroso coraje. Un nuevo insulto inferido en la persona de un cura anciano y venerable, había venido a colmar la medida de su cólera; los argentinos, en una de sus nocturnas invasiones lo arrebataron del templo mismo de su parroquia, a pocas leguas del ejército, mientras que rodeado de sus feligreses imploraba para todos los hombres, la paz y la concordia.

Tratábase de vengar este agravio; y el consejo en un voto unánime pedía esta satisfacción, agobiando a Braun con muestras de profundo descontento.

—¿Qué queréis? –decíales el antiguo veterano–, ¿puedo yo algo contra las decisiones inapelables del supremo poder? Hoy mismo, un correo de gabinete me ha traído órdenes apremiantes a este respecto. El protector[28] quiere regularizar la guerra en la esperanza de un pronto arreglo que le permita reconcentrar todas sus fuerzas en el Perú, para hacer frente a la poderosa cruzada que en este momento se organiza en Chile. ¿Cómo realizar aquella idea si devolvemos al enemigo es-

---

28   *El Protector*: Andrés de Santa Cruz, nombrado Supremo Protector de la Confederación Perú Boliviana de 1836 a 1839

soliviar - raise up, elevate   potrero - field

cándalo por escándalo? Convenid, pues, en que las represalias, en tales circunstancias, serían un hecho impolítico, absurdo. Además...

—¡Ah! general —exclamó un oficial interrumpiéndolo—, no era así como usted y el mismo cuya autoridad invoca, hacían la guerra allá, cuando la sangre de la juventud corría por sus venas. Por Dios, ¡cuánta paciencia dan los años!

—Ella es su único privilegio, comandante Castro —respondió Braun, sonriendo a ese juvenil arranque con su calma alemana—. ¡Oh! Si supieran aguardar los que atraviesan la florida edad de la vida, no tan sólo tendrían el mundo a sus pies; lo soliviarían en sus manos...

En ese momento la voz del centinela profirió un enérgico ¡atrás! y casi al mismo tiempo un hombre jadeante de cansancio, y cubierto de polvo, se precipitó en la tienda pasando sobre el arma que aquel cruzaba para detenerlo. Quien así infringía, a riesgo de su vida, la severa consigna de campaña, era un mensajero del corregidor de *La Quiaca*, pueblo situado a diez minutos de la línea divisoria de ambas repúblicas; traía el aviso de que una fuerza enemiga, introduciéndose dispersa, por diferentes puntos en el territorio boliviano, había asaltado la hacienda del gobernador de Moraya, saqueádola, entregádola a las llamas, y huido, llevándose prisioneros al propietario y su hija, la doncella más linda de la comarca.

—¡Lucía! —exclamó el comandante Castro, entre la explosión de gritos airados que estalló al oír esta nueva; y una veintena de adalides encabezados por él se arrojó en tumulto a la puerta de la tienda para correr hacia los potreros donde pastaban las caballadas del ejército.

Braun les cerró el paso.

—¡Deteneos! —gritó—. ¿Dónde vais? ¿Qué pretendéis hacer? ¿Correr tras esos bandoleros? ¡Qué locura! ¿Sabéis siquiera el camino que llevan en ese laberinto de quebradas donde en cada recodo encontraríais una emboscada en que pereceríais sin gloria, sin alcanzar vuestro objeto?

A estas palabras, los oficiales se detuvieron vacilantes. Castro palideció de indignación, y se adelantó solo hacia el viejo guerrero.

—¡Paso! —exclamó con acento breve y resuelto— ¡paso! mi general, porque es forzoso que yo persiga a estos bandoleros, que los alcance y los extermine, vive Dios, o que deje en sus manos mi vida. ¿Sabe usted quiénes son los cautivos que a esta hora arrastran en pos suya, atados quizá a la cola de sus potros? Los seres que más amo en este mundo; mi padre adoptivo, su hija, mi desposada, la elegida de mi corazón. Cada minuto que pase es un crimen para mí; un peligro más para ellos... ¡Paso, general!

—Hola –gritó Braun, con severo acento volviéndose a la guardia–, detened a ese hombre; condúzcasele a su tienda y que se le guarde con centinela de vista.

En cuanto a ustedes, señores –continuó, dirigiéndose a los demás revoltosos– exíjoles la promesa de renunciar a esa locura, y reservar su valentía para las numerosas batallas que tendremos que dar hasta que hayamos dado cima a la grandiosa obra de la confederación perú–boliviana.

Forzado a ceder, Castro entregó su espada; pero murmurando con voz sorda:

—¡Tanto mejor!

Sus camaradas otorgaron también la promesa exigida y se retiraron cabizbajos; y al parecer resignados.

Cuando Braun hubo quedado solo con su secretario y el mensajero, volvióse a aquel, riendo con una risa silenciosa.

—¿Qué dice usted de esto, señor diplómata? ¿No es cierto que el mismo Talleyrand me envidiaría este golpe de estrategia? ¡Y esos muchachos se quejarán todavía! A todos ellos los he puesto en el punto que deseaban; es decir en el disparadero; al uno bajo la fuerza que sabe romper; a los otros en el lazo que saben desatar. En cuanto a mí, móvil de esos complicados resortes, pero sujeto a las prescripciones de ajena voluntad, réstame un papel: el de espectador; sí; pero espectador de los resultados deseados de mi propia obra, ¡qué diablo! Venga usted, doctor. Y tú –añadió volviéndose al mensajero– ve a decir al corregidor, que mañana a esta hora el gobernador de Moraya y su bella hija estarán en nuestro campamento...

—¿Ves esa bolsa? –dijo, de pronto, Fernando de Castro, acercándose al centinela que lo guardaba con ocho hombres y un oficial, dormidos en ese momento a la puerta de la tienda–, ¿ves que está llena? Mira lo que contiene.

—¡Oro! –murmuró el centinela.

—Es tuyo, si me dejas salir de aquí... ¿Ves esto? –añadió mostrándole un puñal–. Es para atravesarte el corazón si das una voz, o haces el menor movimiento. Elige.

El soldado dejó caer su arma y quedó inmóvil.

—¡Bien! He aquí tu oro; guárdalo, y entrégame tus manos; porque tu resignación es como la mía de ahora há poco, de todo punto falsa.

En un momento el joven agarrotó al centinela púsole una mordaza, y huyó por una abertura, que su puñal hizo en un lienzo de la tienda.

La noche era oscura; pero al dudoso resplandor de las estrellas Fernando divisó a espaldas de una tapia un grupo de hombres al parecer en acecho.

—Amigos o enemigos –se dijo–, vamos a ellos.

Eran sus compañeros, que lo recibieron murmurando en voz baja gozosas aclamaciones.

—Y ahora, Fernando –dijo uno de ellos–, ¿nos llamarás todavía tontos, cuando acabamos de interpretar tan maravillosamente el puñado de tierra con que has cegado al general?

—¡Oh!, ahora si que estás verdaderamente estúpido, Ávila. ¿Podía traducirse de otro modo mi conducta?... Pero ¡en qué fruslerías nos detenemos! Vamos a buscar nuestros caballos.

—Están prontos allá en el fondo de aquel barranco. Todos son nuestros caballos de estimación...

—¿Por dicha, cuéntase entre ellos mi volador?

¿No lo oyes?

Relinchaba en ese momento un caballo en lo hondo del barranco indicado.

—¡Oh!... ¡gracias, amigos! Esto se llama tener a más de talento corazón...

Pocos instantes después Braun oculto con su secretario a la vuelta de una roca, vio desfilar veinte jinetes que se internaron en los tortuosos senderos de una quebrada, corriendo como sombras, sin despertar rumor alguno. Fernando y sus compañeros habían envuelto en lienzos los cascos de sus caballos para apagar el ruido de sus pasos.

– VI –

EL ÉTER DE DIOS

El general se quedó inmóvil, fijos los ojos en la sombría quebrada; y el secretario le oyó murmurar entre dos suspiros —¡Juventud! ¡juventud! ¡paraíso alumbrado por tres soles de mágica luz: el amor, la fe y la esperanza, que nunca abandonan tu cielo!... ¡ah! ¡porque eres tan corta!...

Estaba cerca de mediar la noche, que era obscura, aunque en la cima de las montañas comenzaba a blanquear la azulada claridad que precede a la salida de la luna.

De aquel lado y por senderos de atajo, un grupo de jinetes entre los que ondeaban los velos y las luengas faldas de dos amazonas, bajaban al fresco vallecito del Tilcara.

Eran seis y montaban magníficos caballos, cuyo brío refrenaban para igualar su paso al de cuatro hombres que llevaban al centro conduciendo una silla de manos.

El silencio profundo que reinaba en aquellos parajes, la sombra de los peñascos y el prestigio de la hora, impresionaban, al parecer, el ánimo de los viajeros, que caminaban en actitud meditabunda.

Las dos amazonas, asidas de las manos, callaban también; pero el mutismo de dos mujeres reunidas es un fenómeno de la naturaleza de los meteoros: no puede prolongarse un minuto.

—¡Aura! –dijo la una a media voz.

—¡Juana! –respondió la otra en el mismo tono.

—¿En qué piensas, alma mía? ¿De seguro en Aguilar?

—En él siempre; mas en este momento pensaba en la dicha de verte a mi lado, que de veras me parece un sueño.

—¿No es cierto? ¡Bah!, mi escapada tiene algo de novelesco.

—¡Y tanto!, te confieso francamente que mientras caminaba, hace un cuarto de hora, entre las sombras, custodiada sólo por mis dos pajes y llevando al lado a mi madre enferma, imaginábame una princesa errante; y la fantasía se llevaba tras sí mi pobre cuerpecillo, y ambas íbamos a parar allá a las edades pasadas; y nos plantábamos en una de esas encrucijadas, en la espera de un Amadís para demandarle un don. Pero he aquí que quien se aparece es una dama que vestida de negro y cabalgando en un corcel del mismo color, viene asistida de dos caballeros con espada al cinto y el yelmo cristino en la cabeza. Se acerca, llega, alza su velo, cae en mis brazos. ¡Es Juana! Juana la joven y bella esposa del general de un ejército en campaña, traspasando de incógnito su línea de fortificaciones para internarse en lugares que el enemigo va a ocupar de un momento a otro... ¡Ah! tu leyenda ha echado por tierra la mía. Un poeta haría de ella un bellísimo romance.

—¡Pues no!

—Y caería a tus pies si yo le dijera todo, si le dijera que desafiaste esos peligros sólo por ir en busca de una amiga, ¿adónde? a las agrestes soledades de Ituya.

—Eso y más te debe mi corazón. Aura querida. Pésame haberte encontrado de regreso. Habríame sido tan grato ocultarme contigo en esas misteriosas hondonadas... ¡porque ay! no es sólo tu amor el objeto de mi peregrinación; y tu poeta si había de completar mi drama, tendría que dar en él cabida al despecho.

—¡El despecho! No te comprendo.

—¡Y sin embargo sabes todos los secretos de mi corazón!

—¡Dios mío! ¿Te preocuparán todavía esas injustas sospechas?

—¡Oh!, pero ahora son profunda certidumbre.

—¡Visiones!, hermosa mía.

—Escucha y juzga. Cuando procuraba acallar en mi espíritu esas alarmas que te parecían quiméricas, pero que me llegaban en los rumores del pueblo, esa voz de la verdad, el mismo Alejandro vino a justificarlas de un modo irrecusable.

Anunció que iba a marchar al ejército, ordenó los preparativos, y acercándoseme a mí en extremo cariñoso dióme el abrazo de despedida.

Aquella ternura inusitada hace tiempo, parecióme sospechosa; ¡pero el corazón de la mujer acoge tan confiado el bien!

—¡Quiero acompañarte! —exclamé, seducida por la halagüeña perspectiva de mostrarme en aquellos sitios vedados para las mujeres, al lado del hombre cuyo desamor me echaba en cara con insolencia.

Heredia acogió mi deseo con visible contrariedad, y le opuso toda suerte de obstáculos; pero vio, sin duda nublarse mi frente, y como culpado, hubo de ceder porque temió.

—¿Ves cómo antes que delinquiera lo estabas ya acriminando?[29]

—Escucha todavía y verás.

Con gran frialdad me dio su consentimiento, no para acompañarlo, sino para que fuera a reunirme a él algunos días después... ¿Comprendes, Aura? Rehusaba mi compañía porque deseaba la de Fausia Belmonte, que desapareció de su casa, del paseo, del baño, de todos los lugares donde la liviana santiagueña arrastra sus escándalos.

Adivinándolo todo, y arrebatada de indignación, no esperé el día señalado por Alejandro para emprender mi marcha; y acompañada de una pequeña escolta, partí sobre este bello *Tenebroso* que acaba de prestarme el servicio más importante que caballo hizo a su dueño: me ha puesto en menos de veinte horas a vista del campamento.

La mirada con que acompañó su saludo un oficial que encontré de paso a Salta en comisión, me dio tanto en qué pensar, que dejando en Jujuy la escolta, y cubriéndome el rostro con un antifaz, seguí sola mi camino.

Ya de lo alto de una colina había divisado la línea de atrincheramientos, cuando al entrar en un camino hondo me encontré frente a frente con el coronel Peralta, y un oficial que lo acompañaba, nada menos que el nuevo edecán de Heredia, ese porteñito Esquivel que ves ahí.

29   *Acriminar*: acusar de algún crimen o delito

Peralta que reconoció a *Tenebroso*, palideció de tan extraña manera que todo me lo reveló.

Valida del antifaz que llevaba, pasé ante ellos sin hablarlos, y poniendo a galope mi caballo, muy luego llegué a una altura que dominaba el campamento.

En la vasta llanura que se extendía a mis pies, Alejandro pasaba revista al ejército, que en ese momento ejecutaba vistosas evoluciones.

En la falda de la altura donde yo me hallaba oculta tras de un pedrusco, el general rodeado de su estado mayor tenía al lado una mujer vestida de una suntuosa amazona color de grana y bordada de oro... ¿Adivinas quién era?

—¡Ella!

—¡Ella!... ¡La infame que no sólo me roba el amor de mi marido, sino hasta los colores con que yo sola tengo derecho a engalanarme!... Tú que me llamas visionaria, ¿qué dices a estas *visiones*?

Aura inclinó la cabeza.

—Como tú, yo también doblé la frente avergonzada de mí misma; y llorando de rabia, eché adelante mi caballo y lo hice correr sin saber qué dirección tomaba. El instinto más que la voluntad me llevaba hacia ti.

Sin que de ello me apercibiera. Peralta y Esquivel me habían dado alcance, y me venían escoltando. — *escort*

¡Ah!, qué enojosa es la presencia de testigos cuando llevamos en el rostro el rubor de un ultraje. Cada mirada, por benévola que sea, nos parece una sangrienta burla; y en la frase más afectuosa creemos sentir la punta acerada del desprecio.

Mientras la esposa de Heredia hablaba, su compañera con la frente entre las manos, la escuchaba meditabunda.

—¡Aura!, te he entristecido exponiendo a tus ojos la tempestuosa atmósfera conyugal, ¡que pronto va a ser la tuya!...

Háblame; tu voz disipará las nubes que obscurecen mi alma.

—¡Ah! —murmuró la joven, con profundo abatimiento—, yo creía que nada podría turbar la serenidad radiosa de dos seres unidos por Dios, en el amor infinito, en una sola existencia.

—Yo también acaricié esa deliciosa utopía, y creí eterno el amor de Alejandro. Pero un día entre él y yo se alzó como un muro de bronce, la influencia fatal de esa mujer; y la desconfianza, el odio y una

rubor — embarassmet   *ultraje — insult*

costear — to hug for   despeñadero — precipice

perpetua alarma se deslizaron en mi corazón, y lo habitaban, y no han dejado en él un solo sentimiento sano...

—¡Mentira! ¿Y el que nos une?

Juana llevó a sus labios la mano de la joven.

—¡Ahora, querida!... Sí, en ese oasis fresco y apacible donde gusta refugiarse mi alma en las borrascas que la devastan. ¡Ah!, cuán grato me habría sido vagar contigo oculta en esos apartados valles, de los que se cuentan extrañas consejas. ¿Por qué fatalidad te encuentro de regreso? ¿No fuiste en busca de aquel viejo empírico[30] que debía restituir la salud a la madre?

La joven palideció.

—No es un empírico —dijo con voz profundamente conmovida— es un genio misterioso, que oculto en un cuerpo informe, conoce el pasado y lee en el porvenir. Vive en un antro, sobre el borde de un precipicio, acompañado sólo de una águila que tiene allí su nido.

Un grupo de coposos molles[31] oculta la entrada de ese retiro agreste, donde se llega costeando horribles despeñaderos.

Cuando, llevando apoyada en mis hombros a mi madre, entré en aquella caverna, la escena que se presentó a mis ojos me pareció el desvarío de un sueño; y me fue necesario pulsar los latidos de mi corazón para persuadirme de la realidad.

En el centro de la cueva y delante de una hoguera alimentada con yerbas secas que exhalaban acres y extraños aromas, hallábase posado el busto de un hombre cuyos miembros atléticos tenían el color y los dorados reflejos del bronce.

Una larga cabellera cana y una barba del mismo color, contrastaban con la negra y juvenil mirada de unos ojos profundos y huraños como los de una ave que anidaba a su lado.

Aquel torso de poderosa musculatura, truncado de repente, como al golpe de un martillo, parecía tallado en la peña rojiza que le daba asiento y semejaba a esos ídolos de las pagodas indias, esculpidas en el granito de sus altares. La llama de la hoguera prestaba tal verdad a esta fantasía, que el movimiento de aquellos párpados, y el alentar de aquel pecho parecían un prodigio inherente a los misterios del antro.

El ser extraño que contemplábamos, detenidas con medroso asombro a la entrada de la cueva, tenía delante de un montón de hojas

30   *Empírico*: quien se gobierna sólo por la práctica. Se usaba para denominar a los médicos

31   Molle: aguaribay, árbol mediano de sudamérica, de la familia de las anacardiáceas

de colores, formas y dimensiones diversas, y que pertenecían a todos los árboles de la creación, desde el ombú de la Pampa, hasta el tara de la sierra; desde el cocotero del Ecuador hasta el pino de las nieves. Pero esas hojas estaban frescas, recientemente arrancadas de sus ramas.

Tomábalas él en puñados cogidos al acaso; las extraía una a una de su mano cerrada, y las arrojaba al fuego, examinando con atención la flama que producían, y aspirando el perfume que exhalaban...

—¡Dios mío! —exclamó Juana, con esa mezcla de ligereza y sentimentalismo que la caracterizaban.

—¡Cuánto he perdido! ¡Una caverna!, ¡un monstruo!, ¡los ritos de un culto misterioso!... ¡qué motivos de distracción para mi pena!...

—La mirada, a la vez reposada y penetrante de esos ojos sombreados de espesas cejas blancas, alzó de repente y se fijó en nosotros.

En ese momento, de entre el puñado de yerbas que ocultaba su mano izquierda y que extraía la derecha, salió una hoja de ciprés.

Una expresión de bondad mezclada de dolor se pintó en aquel semblante; desarrugó su frente, vagó en sus ojos, y se detuvo en sus labios, convirtiéndose en una triste sonrisa. Arrojó la hoja al fuego, y nos llamó con una seña.

Hizo sentar a mi madre en un trozo de roca, y volviéndose a mí que doblaba ante él la rodilla poseída de una emoción pavorosa: —Sé lo que vienes a pedirme, bella niña —dijo con una voz armoniosa y grave como el tañido de una campana—; leo en tu corazón: confías y esperas. Mas sabe que la ciencia humana no alcanza a hacer *un cabello blanco o negro*, ni a devolver su savia al árbol herido por el rayo.

—¡Qué! —exclamé llorando—, ¿tú que has hecho tantas maravillas, no restituirás a mi madre la salud perdida? ¡Mírala: ningún mal la aqueja, si no es ese extraño aniquilamiento que acrece cada día, sin causa conocida!

—Tu madre no morirá de él, sino de otra dolencia, que le ha traído ésta, y que acabará por ahogarla. Esa dolencia reside en el alma, y se *llama dolor maternal*.

—¡Te engañas! —exclamé—. Yo la idolatro; hasta hoy la he consagrado mi vida, y ella está contenta de mí. ¿No es verdad, madre mía?

Pero al volverme hacia ella, víla palidecer y caer desmayada en mis brazos.

—¡Socorro! –exclamé–. En nombre del cielo, ¡tú que eres un sabio, dale la vida!... ¿No ves que se muere?

—Al contrario –repuso él extendiendo su mano cobriza y arrugada sobre la cabeza de mi madre, y posándola en la frente helada–, al contrario: ahora reposa. ¡Cuántas veces, en el insomnio de sus eternas noches ha invocado esos síncopes, que hunden el espíritu en los limbos del olvido! Créeme: déjala unos instantes aún, en ese letargo de que despertará para sufrir. El único bien que puedo darla, es la facultad de llamar y prolongar al grado de su voluntad ese anonadamiento que para ella es la felicidad.

Hablando así, tomó de su seno una redoma[32] de plata cuidadosamente cerrada; la abrió y me mandó aspirar el perfume que encerraba.

Pero apenas tomé la redoma en mis manos, sentí un aroma a la vez suave y penetrante que se difundió en la atmósfera, invadió mi cerebro y dio un color azulado a todos los objetos que me rodeaban.

Vílos luego alejarse hasta los últimos límites del horizonte, y perderse en una bruma oscura que se extendió lentamente, llegó a mí, y me envolvió como un vapor tibio y enervante.

Un bienestar inefable se derramó en todo mi ser, que me pareció arrebatado de la tierra, meciéndose en las ondas vaporosas de un éter rosado y diáfano. ¿Dormía? ¿velaba? ¿desvariaba?

Un soplo que llegó a mi rostro, tenue y frío, disipó aquel arrobamiento; y me hallé de pie y en la misma actitud que tenía al recibir la redoma. Pero ésta se encontraba en manos de mi madre, a quien el viejo decía:

—A los males del alma, la muerte o el olvido.

Y señalaba la redoma que mi madre apretaba con su pecho con devoto fervor:

—En cuanto a ti, niña –añadió, suavizando con una expresión de piedad el fulgor de sus ojos–, no te diré: vete en paz, porque desde hoy la paz habrá huido de tu alma; pero sí te digo: aléjate y no vuelvas; porque la sombra que quieres iluminar, oculta abismos que te darán el vértigo del espanto.

Y el viejo indio, inmóvil como la roca que le daba asiento, nos siguió con una dolorosa mirada hasta que hubimos dejado la cueva.

El acento de la joven se había vuelto tan triste, que su compañera

---

32 *Redoma*: vasija, generalmente de vidrio grueso, de base ancha y que se angosta hacia el pico

soplo – puff, murmur

a pesar de su picante turbulencia, escuchaba esta fantástica historia en un profundo silencio.

—Al trasponer el grupo de molles que ocultaban la caverna –continuó la joven–, mi madre aspiró con ansia el aire puro de la montaña; suspiró como aliviada de un grande peso, y sus pies, antes débiles y tardos, marcharon con ligereza y seguridad sobre el borde escarpado de los precipicios. De vez en cuando deteníase para mirar la misteriosa redoma que llevaba escondida en su seno, y una sonrisa de esperanza vagaba en sus labios. En el corto espacio de una hora, aquel cuerpo desfallecido se había transfigurado.

Pero esta animación, ese alivio que yo había venido a buscar para ella, y que habría pagado a precio de mi vida, derramaban ahora en mi alma una dolorosa inquietud; porque comprendí que los producía la esperanza de substraerse por unas horas de anonadamiento a ese martirio desconocido de que había hablado el viejo de la caverna, y que yo buscaba en mi propia conciencia, sin encontrar más que amor y consagración.

—Yo lo sabré –dije abrumada por la más dolorosa de las dudas: la duda de sí mismo–, yo lo sabré; ¡y destrozaré mi corazón si hay en él algún sentimiento que pueda causarte pena, madre querida!

Anoche, cuando todo callaba en el profundo valle de Iruya levantéme de la cama donde me acosté vestida, y recatando mis pasos, fui a espiar el sueño de mi madre.

Encontréla reclinada en los cojines de un diván, inmóvil y al parecer en el más tranquilo reposo. En sus labios y en sus ojos entreabiertos vagaba una dulce sonrisa, y sobre sus mejillas se extendía el rosado tinte de la salud que hacía tiempo había huido de ellas.

Toqué su frente que estaba fresca, incliné mi oído sobre su pecho que se alzaba en suaves aspiraciones bajo sus manos cruzadas que estrechaban la redoma del viejo de la montaña.

Cuán feliz parecía en aquel sueño que semejaba al éxtasis. —Y sin embargo –decía yo con amargura–, he ahí tu rostro enflaquecido, tus manos trasparentes, tus ojos cóncavos y rodeados de un círculo azulado. ¿Cuál es ese dolor maternal de que habló aquel viejo, y que pesa todo sobre la cabeza de tu hija única? ¡Oh!, yo lo sabré.

Y sola, y caminando a tientas entre las tinieblas, dirigí mis pasos a la montaña.

Atravesé el valle, subí la áspera falda y costeé el precipicio en cuyas paredes se abría el antro del misterioso viejo.

Al penetrar entre el grupo de molles, el ala poderosa de una ave rozó mi frente, y me arrancó un grito que repitió a lo lejos una voz cavernosa. Era el eco.

Encontré al viejo inmóvil en el mismo sitio, delante de la hoguera; pero ahora leía a la rojiza luz de la llama un libro inmenso cubierto de caracteres extraños.

—¿Qué me quieres? —exclamó, alzando los ojos del libro y fijándolos en mí con una mirada severa—. Aléjate, ve a correr sobre el sendero que se alza ante ti y no pretendas mirar los abismos que cubre.

—Aunque sepa morir —le respondí—, quiero saber.

El viejo me contempló con una expresión de piedad.

—¿Qué quieres saber? —me dijo, con la frente contraída por una penosa emoción.

Ignoras que ciencia y dolor son sinónimos en el libro de la vida. ¡Aléjate! Unos pocos días felices son mucho en el destino humano. ¿Por qué quieres abreviarlos?

—Tú mismo lo has dicho: la paz había huido hoy para siempre de mi alma. Y bien ¡sea! Descúbreme ese horizonte desconocido, donde rugen las tempestades que envolverán mi vida. Quiero contemplarlo.

—¡Sondar! ¡Inquirir! ¡Saber!... ¡Cumple, pues, ese anhelo funesto que perdió a tu raza! Mira.

Y alzando con una mano un enorme trozo de roca, hízome inclinar con la otra sobre el hueco que aquella dejaba, concavidad oscura en cuyo fondo brillaba a la luz de la hoguera un charco de agua negra y profunda.

"¿*Qui vez?*", articuló una voz que me pareció venir de las bóvedas sinuosas de la caverna. Y yo, palpitante, subyugada por un poder desconocido, respondí:

—Nada, sino un resplandor rojizo que oscila entre las tinieblas.

—Es un lago de sangre que separa el pasado del presente —repuso la voz—. ¡Mira!

Oí el chillido de una águila, y sentí el viento de sus alas; pero la caverna estaba desierta: el viejo había desaparecido y sólo escuché la voz que decía:

—¡Salud, reina del éter! ¿Qué me traes? ¡Ah! sí: he ahí las hojas que contienen la savia de todas las zonas, y cuya combinación tiene el poder de evocar el espectro del porvenir. Mira.

La caverna se iluminó con una luz compuesta de los colores del prisma; un humo denso, acre y penetrante llenó los ámbitos dividiéndose en grupos extraños, que alumbrados por la fantástica luz que se desprendía de la hoguera tomaron de repente la apariencia de un paisaje. En una lontananza sombría, alzábase una montaña cubierta de frondas. Blanqueaban a sus pies cúpulas de una ciudad; en su falda, a la vera de un manantial, un pozo negro y profundo.

—Niña –exclamó Juana interrumpiendo a su compañera–, ¿no se diría que estabas viendo la campiña de Salta? La ciudad, el cerro de San Bernardo, su verde falda, y el pozo del Yocci, de pavorosa fama, con el que las nodrizas nos hacen tanto miedo.

—Miraba yo todo esto –continuó la joven– como al través del vapor oscilante que se exhala de la boca de un horno.

De súbito vibró en el aire una voz desconocida, pero conmovió mi corazón como un acento familiar y querido. Hízola callar una horrible imprecación a que siguió un gemido; y allá en el fondo del pozo sobre el que una extraña fascinación me tenía inclinada, vi mi propia imagen, envuelta en el velo de las desposadas, pero pálida, yerta, y el pecho rasgado por una ancha herida...

El águila dio un chillido lúgubre; el viento de sus alas apagó la llama de la hoguera, y las tinieblas se extendieron sobre la caverna...

La sensación de un inmenso cansancio me despertó de repente. Encontréme recostada en mi cama, los cabellos húmedos de rocío, los pies magullados, los vestidos en girones y llevando enganchadas todavía las espinas de las zarzas. La cucarda federal[33] habíase desprendido de mi cotilla[34] y sus lazos rojos caían sobre mi falda blanca como dos hilos de sangre.

¿Qué había pasado en mí aquella noche? ¿Un desvarío? ¿Una realidad?

La voz de mi madre que me llamaba, cambió el curso a mi preocupación. ¿Cuál era ese dolor que aquejaba su alma, ese dolor cuya causa había yo ido a averiguar del anciano de la montaña, y cuya in-

---

33 *Cucarda federal*: por decreto de Rosas se debía usar una divisa, compuesta por cintas de color rojo, para demostrar adhesión al partido federal

34 *Cotilla*: corset, ajustador confeccionado con lienzo o sedas y reforzado con ballenas que usaban las mujeres

vestigación, dejándome en las mismas tinieblas, había envuelto mi espíritu en un caos de dudas y de terrores?

Encontré a mi madre con el semblante animado, ligera, llena de vida. Sonrióse con dulzura; pero cuando iba a preguntarla lo que significaban las misteriosas palabras del indio, selló mis labios con un beso, y me mandó que ordenara los preparativos para nuestro inmediato regreso, pues en la noche había llegado el aviso de la aproximación de una fuerza boliviana que venía llamada por los caudillos de una conjuración que se organizaba en Iruya.

Esta mañana, cuando dejábamos el valle, siguiendo un sendero extraviado divisé a lo lejos el despeñadero y el grupo de molles que oculta la boca del antro. Un bulto negro estaba inmóvil sobre la copa de aquellos árboles. Era el águila de la caverna, que ha poco tendió su vuelo sobre nuestras cabezas en inmensos círculos dando chillidos roncos que repetía el eco de las peñas.

—¡Esto sí es una leyenda, una leyenda maravillosa! –exclamó Juana–. ¡Dios mío! ¡cuánto he perdido!, ¿por qué vine tan tarde? Yo no habría ido a pedir a aquel sabio el secreto del porvenir, habríale demandado el poder de castigar: ¡un haz de rayos para mi mano!

—Querida mía, en vano pretendes chancear: tu mano está húmeda y helada.

—Es de cólera. ¡Oh, yo iré un día en busca de ese hombre, y si algo le pido que me devele, es como acaban las perfidias, las traiciones a la fe jurada al pie del altar!...

—¿No siente usted tentaciones de imitar ese cuchicheo mujeril? –dijo de pronto el coronel Peralta a su joven compañero.

—¡Sí, a fe, mi coronel, pero parecíame usted tan ensimismado!

—Recuerdos ligados a estos parajes que en otro tiempo recorrí tantas veces en pos del enemigo.

—Bien pronto habremos de hallarlos en las mismas condiciones.

—¡En las mismas condiciones! ¡oh! no: aquella era una guerra santa; esta es una guerra fratricida. ¿Qué hay de común entre la una y la otra?

—Es verdad, perdone usted, coronel: no ha sido mi intención comparar con nada aquella época gloriosa. La respeto, la venero y para no profanar con ligerezas su ínclita memoria, llevemos nuestra sigilosa

cuchichear—to whisper   ligereza—lightness/rash act

plática a otro terreno... ¿Quién es, pues, esta joven tan gallarda? Su
rostro, que la noche me oculta, debe ser divino, si corresponde a su talle
encantador.

—Es una flor exótica, trasplantada a nuestro suelo por una de esas
bellas fugitivas que la abandonaron en pos del pendón de los leones
—respondió Peralta, cuyo tema favorito era la crónica de aquel tiempo—.
El padre de esta muchacha, oficial superior en el ejército realista y
muerto en Ayacucho era un noble, cuyo título tiene una historia inte-
resante.[35]

El rey Fernando VII, que era dado a los juegos de fuerza, sobre-
salía en el de la barra; y no se encontraba en todos sus reinos quien pudiera igualarlo.

Un día vinieron a decirle que en las cercanías de Pamplona había
un pastor de tanta fuerza en aquel ejercicio, que había derrotado no
sólo a los jugadores de la comarca, sino a todos los que de largas dis-
tancias, atraídos por su fama, venían a desafiarlo.

—¡Que me lo traigan! —exclamó Fernando; y en la misma hora
partieron correos en busca del pastor, que fue traído a la corte y pre-
sentado al rey.

Era un joven de bello rostro, apuesto, fornido y de porte arrogante,
que holló con desenfado el pavimento del alcázar, cual si fuera el umbral
de su choza, y miró al príncipe con un aire de potencia a potencia.

Colocado en el real palenque, rió de las maneras académicas de su
augusto rival; y comenzada la partida la barra del pastor dejó muy atrás
la barra del monarca. Declarado su triunfo, el vencedor terció de nuevo
el zurrón y empuñó su cayado; el vencido se lo arrancó de las manos.

—Te has medido con tu rey —le dijo— y no puedes ya ser un villano.
Conde la Barra, eres noble y caballero. Primo —continuó, volviéndose
al duque de Alba— cálzale la espuela de oro.

Pero el pastor supo realzar al Conde; y después de Enrique IV
ningún Borbón dio tanta honra a su blasón y su espada.

Vino a América ocupando un alto puesto en el ejército español, y
dio la corona de condesa a una hermosa hija de Salta y de un sarraceno
testarudo, que arrastró a su familia tras las tropas de Pezuela, pasando
sobre el cadáver de su propio hijo; porque en ese nido de godos floreció
un héroe de patriotismo... Teodoro...

35   La anécdota la recoge la Autora en su obra posterior *La tierra natal*, cap. XXXVII -
     Stockcero ISBN 987-1136-36-6

El joven interlocutor de Peralta aprovechó de la emoción que cortó la voz a éste, para decir:

—Pues yo declaro a la hija del pastor no sólo digna de las *barras* de su escudo, sino del trono de Isabel, por su gentil apostura y la regia destreza con que lleva ese brioso caballo.

—¡Poco a poco, amigo mío!, no gaste usted su pólvora en salvas para celebrar el triunfo de otro.

—¿Y quién es ese dichoso mortal?

—Aguilar, el coronel a la moda, el favorito del general, el héroe de *chiripá*[36].

—Añada usted en justicia, mi coronel: el más valiente de los valientes hijos de Corrientes. Placiérame poder amar a esa joven para tener un rival como él.

En ese momento la luna asomando sobre la cima de las montañas iluminó el paisaje y la caravana.

—¡Ah! –exclamó el oficial– esta Aura gentil era la *Estrella de Salta*, esa bellísima Aurelia que nos deslumbró en el baile con que la generala[37] festejó nuestro arribo trayendo la división de Tucumán. Yo la vi sólo un momento; pues a las doce de la noche partí para Jujuy en comisión. Justamente en ese momento bailaba con Aguilar, y los danzantes se detenían para contemplar aquella hermosa pareja: él con su traje oriental; ella vestida de gasas blancas y color de rosa, coronada de flores y su rubia cabellera rizada y ondulante como una nube dorada.

—Note usted ahora el contraste que esa belleza de cabellos blondos y de azules ojos, forma con la hermosura morena, ardiente y expresiva de la generala.

—Tiene unos ojos de llama y unos bucles negros que parecen ensortijados por el sol de África.

—¡Cuán viva es! y vueltas de su ligereza unos arranques de pasión que los envidiaría una pantera.

—Esta tarde, por ejemplo...

—¡Silencio!...

—¡Qué pálida está nuestra ama! –dijo uno de los pajes al otro, señalando con los ojos la silla de manos, cuyas cortinas entreabiertas por la brisa dejaban ver un rostro demacrado, cubierto de una palidez mortal pero cuyas facciones finas y de una corrección académica habían

---

36   *Chiripá*: paño plegado y atado de la cintura para abajo, usado a manera de pantalones
      por indios y gauchos
37   Se refiere a Juana, la esposa del general Alejandro Heredia

conservado los restos de una grande belleza.

La frente blanca y de ahuecadas sienes se reclinaba con abandono en la mullida pluma de un cojín, plegándose de vez en cuando como a la influencia de un ensueño doloroso.

Descansando en el cojín a la altura de la mejilla una mano blanca y transparente como la cera, apretaba entre sus dedos una redoma de plata.

—¡Ah! —continuó el criado con pesaroso acento— por más que uno quiere engañarse, en fuerza del cariño, ahí está la verdad que le salta a los ojos para romperla el corazón.

—Esto viene de muy lejos —repuso el otro, moviendo tristemente la cabeza—. Desde que vio matar a su hermano, el ama no ha tenido un día bueno, por más que la fortuna se empeñaba en darle todos los bienes. Rica y casada con un hombre de título y de caudal, que la amaba, recorrió las suntuosas comarcas del Perú, triste siempre; y atravesaba esas ciudades de los cuentos maravillosos: Chuquisaca, Potosí, Cuzco, Lima, como un alma en pena, mirando sin ver.

Apenas, si cuando nació la niña, un poco de alegría vino a visitarle; y aun entonces mismo, muchas veces, mientras le daba el pecho, la vi llorar apartando los ojos de la inocente criatura, como si le pesara alimentarla...

En ese momento, la caravana saliendo de una estrecha cañada que seguía hacía rato, se halló de repente en el valle de Tilcara.

—He ahí el sitio donde deshicimos a los extremeños —gritó de pronto Peralta, arrebatado de entusiasmo; y su mano señalaba el cauce seco y pedregoso de un torrente encerrado en un recodo del Valle—. En esa hondonada les dimos una carga tan violenta que ni uno solo escapó; y antes que pudieran reconocerse, nuestras lanzas los clavaban contra las peñas.

Un gemido doloroso respondió a estas palabras.

—¡Mi madre! —exclamó la joven rubia; y adelantando su caballo inclinóse hacia la silla de manos.

—Duerme —dijo, cuando hubo tocado la frente de la enferma.

—Sin embargo, por profundo que sea su sueño, percibe cuanto se habla en torno suyo; y si es algo que puede causarle pena, llora y suspira como ahora.

—¡Malhaya el eterno hablador y sus historias rancias! –dijo la vivísima morena con un enojo cómico–. Que no permitiera Dios a esos pobres extremeños aparecer de improviso, armados de punta en blanco, a pedirle la cuenta de su agujereada piel.

El canje

En el mismo instante, como evocados por las palabras de Juana, veinte jinetes bien montados y armados de pistolas y espadas, salieron de repente de la hondonada que señalaba Peralta, y antes que éste y su compañero (exactamente como aconteció a los extremeños) pudieran reconocerse, los envolvieron, los desarmaron, ligaron a la espalda sus manos, a pesar de su rabia, y los ataron inmóviles sobre sus propios caballos.

Juana se adelantó resueltamente hacia el jefe del misterioso escuadrón.

—¿Con qué derecho os atrevéis a poner la mano sobre hombres libres que llevan su camino?

—¿Contáis por nada el derecho de represalias? –respondió éste con una voz que hizo estremecer a Aurelia, sin que pudiera acordarse dónde la había oído otra vez; y por una extraña coincidencia, allá en el fondo de la silla de manos, una fuerte emoción sacudió el cuerpo desfallecido de la enferma, y un débil grito se exhaló de su pecho, y sus párpados cerrados se agitaron.

—Yo deploro, señora –continuó el jefe–, deploro profundamente la necesidad que me obliga a usar de descortesía y aun de rigor con seres por quienes mi respeto es un verdadero culto.

—¡Cobardes! –exclamaron a la vez Peralta y su joven compañero, haciendo esfuerzos para romper sus ligaduras.

—Una mordaza a esos hombres –dijo el jefe volviéndose a los suyos–. Y en cuanto a las señoras, ruégolas que nos sigan sin intentar resistencia.

—¡Dios mío!, ¿y mi madre? –gritó Aurelia, arrojándose del caballo y corriendo a colocarse delante de la enferma.

El jefe se conmovió a pesar suyo. Echó pie a tierra y se acercó a la joven.

Entonces por primera vez ambos se miraron.

Dios solo conoce el misterio de esas simpatías repentinas, atracción invencible que arrebata el alma en un acento, en una mirada, y obligó a la joven y al desconocido a llevar la mano al corazón para interrogarlo.

—¡Comandante Castro! –gritó uno de aquellos hombres–, ¡un desfile en la altura! –y señaló el barranco que se alzaba a pico sobre el cauce del torrente.

En efecto, al borde del precipicio desfilaba un destacamento equipado de armas mixtas que brillaban a la luz de la luna. Al centro iba un hombre desarmado y cabizbajo, seguido de una mujer. Reconocíasele en un vestido blanco y la larga cabellera que descendía flotante de su cabeza desnuda.

—¡Son ellos! –exclamó el comandante–, he ahí Lucía; he ahí su padre. Compañeros, diez hombres para guardar a los prisioneros, y el resto conmigo, a escalar esta muralla.

—¡Quién vive! –gritó de lo alto una voz sonora, que arrancó a Aurelia un grito de alegría.

—Bolivia y su gente, en busca de los incendiarios –respondió el comandante Castro. A esa voz, la mujer vestida de blanco intentó arrojarse al precipicio; pero la detuvo el hombre que iba detrás.

—¡Fuego! –gritó la voz que había dado el ¡quién vive!

—Deteneos en nombre del cielo –exclamó Aurelia–. Estoy prisionera con mi madre y...

—Y la esposa del general Heredia –dijo Juana acabando la frase–. Querido Aguilar, no añada usted una onza de plomo a nuestra pesante malaventura.

Cuando Juana decía estas palabras, oyóse un ruido semejante al derrumbe de un peñasco; y entre una nube de polvo, cayó más bien que apareció, un jinete con espada en mano, montado en un fogoso corcel, vestido con un traje pintoresco, bello, majestuoso, terrible, que mirando en torno con ojos centellantes, se arrojó al centro del grupo, erizado de espadas desnudas, que lo amenazaban, procurando llegar al sitio donde se hallaban las prisioneras.

Castro le salió al encuentro.

—Nadie ose tocar a ese hombre –dijo volviéndose a sus compañeros–, es mío.

—¡Ah! ¿eres tú el jefe de esos raptores? –interrogó el uno.

—¡Ah! ¿eres tú el jefe de esos bandoleros? –repuso el otro; y las espadas se cruzaron.

Aurelia se arrojó entre ellos y los separó.

—¡Qué vais a hacer! –exclamó–. ¿Mataros? ¡Qué locura! La muerte de Aguilar, señor –continuó volviendo hacia Castro su dulce mirada–, sería la sentencia de aquellos que viene usted a salvar. En cuanto a la del jefe de la fuerza que nos tiene en su poder, no te diré que sería seguida de la tuya, Aguilar; tú no temes la muerte, pero ¿querríais dejarme sola en este mundo donde nos espera la dicha en ese nido de flores que tú sabes?

Aguilar, subyugado por esas seductoras imágenes bajó su espada, y dijo con un acento tierno que contrastaba con su belicoso porte:

—Pues lo quieres, amada de mi corazón, sea. ¿Qué debo hacer?

Aurelia volvió hacia Castro una mirada suplicante. El joven ahogó un suspiro, bajó también ante ella su espada, y murmuró con una voz tan baja que sólo la oyó el corazón de Aurelia.

—Pues lo quieres, ángel del cielo, ¡cúmplase tu voluntad!

—Gracias, valientes caballeros –exclamó la joven, tendiéndoles las manos con una expresión tan afectuosa para ambos, que algo parecido a una sombra cruzó por las negras pupilas de Aguilar.

—¡Y bien! –continuó la joven–, las leyes de la guerra permiten a los prisioneros la esperanza de la libertad por medio del canje: cambiad, pues, los nuestros y separémonos amigos y felices.

Pocos momentos después los dos destacamentos se reunieron, y efectuando el canje, los unos subieron la cuesta de *Oquia*; los otros descendieron a lo largo del valle para tomar el hondo camino que conduce a *Ornillos*; no sin que los negros ojos del comandante Castro se volvieran con frecuencia para buscar unos ojos azules que le enviaban una sonrisa. Por eso, sin duda, los de la bella hija del gobernador de Moraya, se bajaron para no levantarse más...

– VII –

Tinieblas

Cuando las dos partidas enemigas se perdieron de vista, Aurelia sintió una emoción penosa; algo indefinible, desconocido, que llevó a su alma una extraña duda. Miró a Aguilar, y lo vio sombrío; volvióse a Juana, y la mirada de ésta tenía una expresión que aumentó su propia perplejidad; fue a refugiarse cerca de su madre y la encontró despierta, incorporada pero pálida y absorta en una mirada que sus grandes ojos fijaban con ansia en el camino que dejaban atrás.

– VIII –

Revelación

El general Braun había cumplido la promesa hecha al corregidor de *La Quiaca*. El gobernador de Moraya y su linda hija escoltados por sus audaces libertadores entraban al siguiente día en el campamento boliviano.

La severidad de la disciplina ordenaba al general castigar la falta que con tanta astucia había él mismo provocado. En consecuencia, arrestó a los culpables y los sometió a juicio; pero el gobernador y su hija pidieron la libertad con ruegos tan apremiantes, que le dieron la oportunidad inapreciable para el coronamiento de su obra, de perdonar el crimen en gracia del resultado.

Lucía partió aquella tarde con su padre, y éste pidió a Fernando que los acompañase a Moraya. El joven no había tenido ocasión de hablar a solas con su prometida: ella las había cuidadosamente evitado. Por lo demás, su voz, o la expresión de su semblante conservaban siempre la dulzura afectuosa que usara con el que debía ser su esposo. Nadie había percibido en ella el menor cambio: nadie sino Fernando.

El joven no podía darse cuenta de lo que sentía su alma; estaba descontento de sí mismo, y anhelaba llegar, con la esperanza de encontrar en esa casa donde transcurrieron los días de su infancia; donde nació su amor por Lucía, los recuerdos de un pasado que a pesar suyo veía palidecer. Pero aquella morada, que antes era para él un edén de amor, parecióle ahora fría como un hogar apagado. Un astro se había alzado en el cielo de su destino, y había eclipsado el que antes lo alumbraba.

El gobernador, entrando en el cuarto seguido de su hija, vino a interrumpir aquel penoso desvarío.

—Fernando –le dijo–, ha llegado la hora de una revelación que influirá inmensamente en tu existencia y que retardé hasta hoy, por motivos que te explicaré y que tú encontrarás justos. He querido que la presencie Lucía, porque va a cambiar por completo el destino de ambos.

Sentóse en frente del joven, hizo sentar al lado a su hija y prosiguió:

—De la historia de tu pasado, sólo conoces la escena dolorosa de aquella noche en que una mujer enlutada, cubierta con un velo y llevando en sus brazos un recién nacido, llamó a la puerta del pobre labrador de Jalina; y arrojándose a sus pies, le pidió amparo para aquella pobre criatura que había venido al mundo entre la deshonra y la orfandad; y alejándose sollozante, desesperada, volvía cada noche a deshoras para llorar, abrazada de su hijo, hasta que un día desapareció para no volver más.

—Sí –respondió Fernando, profundamente conmovido–, ese niño era yo; y ese labrador eras tú, buen padre, tú que me rodeaste de cuidados y de cariño; que buscaste una esposa para darme una madre; que me enseñaste el amor al trabajo, el horror del vicio y la excelencia de la virtud; y no bastando a tu bondad tantos beneficios vas a darme esta bella y noble compañera.

Los ojos y los labios de Lucía enviaron al joven una dulce y pálida sonrisa.

—En todo eso, hijo mío –repuso el anciano–, di un inmenso gozo a mi corazón; pero tú ignoras que desde que tu madre te puso en mis brazos he hecho a tu dicha, día a día, un inmenso sacrificio. ¿Sabes cuál? Dejarte ignorar que eras rico.

Desde muy temprano reconocí en ti un espíritu soñador que gustaba vivir en las regiones de lo ideal. Dar pábulo a esa propensión es abrir la puerta al ocio. Hícete, pues, un misterio del tesoro que tu

madre me confió para ti; eché sobre mis hombros la pesada responsabilidad de tu porvenir y me consagré al cuidado de tus intereses. Todo
cuanto me has visto acumular con tan codicioso anhelo, era tuyo, era
para ti.

He ahí el estado actual de tu fortuna –continuó el anciano, extendiendo sobre la mesa en que se apoyaba Fernando un legajo voluminoso–. La inmensa riqueza, la riqueza proverbial del gobernador de
Moraya, es tuya, tuya exclusivamente.

—Es de Lucía, padre mío –exclamó Fernando, estrechando entre
sus brazos al anciano–. Yo poseo un tesoro: mi espada que me abrirá,
lo espero, un ancho camino en el mundo.

—Y yo que voy a abandonarlo, nada necesito, nada deseo, nada
quiero si no es la paz y el olvido –respondió la joven. Y tendiendo a
Fernando una mano fría–: ¡Adiós!, hermano mío –dijo con acento doloroso pero firme–. Un abismo nos separará bien pronto, pero allá en
el asilo donde voy a pedir un refugio contra los dolores de la vida,
pensaré siempre en ti, y mi espíritu jamás te abandonará. Y dejando
absortos al joven y al anciano, Lucía imprimió sus labios pálidos en la
frente del uno y en la mano del otro y se alejó.

Dos días más tarde Lucía partió para Chuquisaca a tomar el velo
en el convento de las carmelitas.

– IX –

LA CONSPIRACIÓN

—Caballero de las aventuradas empresas –dijo un día Braun al comandante Castro–. ¡Vaya una misión de V.!

—Órdenes de ese género no los haga usted esperar, mi general –respondió Fernando con extraños latidos de corazón.

—Lea usted esa comunicación recibida hoy.

—Los descontentos nos llaman, ¡y en Salta se trama una conspiración! ¡Qué dicha! Mi general, ¿qué debo hacer?

—Marchar allá de incógnito, ponerse de acuerdo con los dos caudillos, y el día señalado, obrar de frente, encabezar el movimiento.

—¡Por Dios, general, ordéneme usted partir ahora mismo!

—¡Hum! ¡Comandante Castro! ¡Comandante Castro! O mucho me engaño, o los bellos ojos de aquellas prisioneras le están tocando llamada... En fin, es usted tan feliz que, en efecto, parece que es necesario que parta usted ahora mismo.

¡Partir! ¡Llegar! ¡Buscarla! ¡Hallarla! Corazón, ¿podrás resistir esa ola inmensa de felicidad?...

Volvamos una vez más a esa blanca ciudad que emboscada en perfumadas frondas se alza al pie del *San Bernardo*. Veinticuatro años han pasado y siempre es la misma; con sus casas magníficas pero vetustas, rodeada de jardines, sus atrios sombreados de vides cargadas de racimos y sus moriscas azoteas dibujándose en el azul del éter. La noche tiende sobre ella su velo salpicado de estrellas y le da un aspecto fantástico; pero a la apacible tranquilidad de su recinto han sucedido el fragor de las armas y el sonido marcial de los clarines.

Nuevos refuerzos de tropas enviadas por Rosas al ejército del Norte, habían entrado en Salta aquella tarde; y Heredia, trayendo consigo a Aguilar y a otros dos de los más valientes jefes, avisados por datos ciertos de una conspiración tramada en la ciudad en connivencia con Braun, y ramificada entre las tropas mismas que llegaban, había dejado el campamento para venir a recibirlos, con la esperanza de descubrirla y sofocarla a tiempo.

Deslizándose a favor de la sombra y del tumulto, un hombre que acaba de echar pie a tierra en una casa derruida donde era al parecer aguardado, el rostro oculto entre el embozo de la capa y el ala del sombrero, atravesó el puente del colegio, bajó la calle de Cebrián y se detuvo en la esquina de la plaza.

—Cuartel de la Merced –dijo, consultando un papel, que contenía, sin duda, señas de algunos puntos en una ciudad desconocida–. A las nueve los nuestros relevan la guardia. Cuartel de San Bernardo –prosiguió–. Nada hecho todavía en ese cuerpo que tiene a raya la severa vigilancia de Aguilar, su coronel...

El embozado ahogó un suspiro que era más bien una sorda imprecación, y continuó.

—Nuestro agente se compromete, sin embargo, a comprar sus clases, y ganarlo a las once de esta noche. Son las siete. Dos horas –añadió con una voz en que parecían vibrar las libras más íntimas del corazón–, dos horas para buscar los medios de verla y dar el alma en ese corto espacio, un mundo de felicidad. ¡Vamos!

Atravesó el frente meridional de la ciudad, siguió a lo largo aquella misma calle que en otro tiempo vino a buscar otro hombre, como él ahora, nocturno y furtivo.

Pero en vez de detenerse ante la puertecita oculta por la fronda, y que dio entrada al antiguo guerrillero, el incógnito dobló el ángulo de lecho - bed

la calle, entró en otra, flanqueada de elevados edificios y se encontró ante la fachada de una casa de aspecto secular, pero ostentando por todas partes una bella arquitectura.

El embozado se detuvo ante el espectáculo extraño que se ofreció a sus ojos.

En el atrio de aquella casa dos hileras de hombres vestidos de ceremonia tenían en las manos cirios, y las puertas abiertas de los salones lujosamente iluminados dejaban oír de tiempo en tiempo, en el interior, el tañido de las campanillas del santuario.

Un sudor frío inundó las sienes del desconocido.

Abrióse paso entre la multitud, y mezclándose a ella, penetró hasta las cámaras interiores de aquella suntuosa morada.

Un gemido de dolor y de rabia se escapó de su pecho.

¿Qué vio?

Al pie de un lecho donde yacía una mujer moribunda se hallaban arrodillados el general Heredia y su esposa, teniendo entre ellos y en la misma actitud al coronel Aguilar, y a aquella bellísima Aurelia que el entusiasta oficialito porteño llamó la estrella de Salta.

Sus azules ojos estaban bañados de lágrimas, y vestida de blanco y el largo velo prendido entre los rizos de su cabellera blonda, parecía una visión celestial.

A la cabecera del lecho, en un altar cubierto de flores, un sacerdote preparaba el óleo santo, para ungir a la enferma que con la mirada fija en la jóven parecía absorta en un hondo pensamiento.

En el fondo de la cámara, los criados de la casa prosternados, oraban llorando.

—¡Ah! —decía uno de éstos, al que estaba a su lado— ¡qué hora para bendecir un matrimonio!

—El ama lo había retardado hasta ahora sin duda por la invencible repugnancia que le inspiró siempre este coronel Aguilar a quien la niña idolatra; pero el temor de dejarla sola ha podido más que la aversión.

—Por mí, nuestra ama tenía razón. Ese hombre, que de cierto es buen mozo, tiene a mis ojos un no sé qué en el semblante... Y sobre todo, jefe cruel con el soldado, malo debe ser. ¡Estas niñas que todo lo ven color de gloria!...

Concluida la lúgubre ceremonia de la *extremaunción*, el sacerdote cogió sobre el ara una corona de azucenas, púsola en la blonda cabeza de la novia, y juntó su mano a la de Aguilar, hizo las solemnes demandas y los unió para siempre.

– X –

El lecho de muerte

Una sorda imprecación respondió a las palabras del sacerdote. Aurelia la escuchó, y la visión misteriosa de la caverna de Iruya se alzó en su mente. Espantada, tendió una furtiva mirada en torno, y sus ojos se encontraron con los del desconocido...

En ese momento sintióse en el salón inmediato un rumor confuso de voces y de armas; y al mismo tiempo, el coronel Peralta, lanzándose de repente en medio de la cámara, seguido de algunos soldados.

—He ahí el agente de Braun –gritó, señalando al desconocido–, he ahí el jefe de la conspiración que debía estallar esta noche. ¡Prendedle!

Heredia y Aguilar desenvainaron sus espadas; pero el incógnito arrojando su embozo, empuñó la suya, y veloz como el pensamiento, blandióla en todos los sentidos, hirió a Peralta, abrióse paso y se arrojó fuera.

Aguilar fijó en su esposa una mirada sombría y siguió al fugitivo.

A la vista del desconocido, cercado de enemigos y amenazado de muerte, Aurelia iba a arrojarse delante para defenderlo; pero una mirada que dirigió al lecho de su madre, la detuvo.

La moribunda incorporada, casi de pie, los ojos fijos en el incógnito y tendiendo hacia él sus brazos, hacía vanos esfuerzos para pronunciar una palabra que su lengua helada no podía articular; y cuando lo vio desaparecer entre las espadas flameantes que amenazaban su pecho, exhaló un hondo gemido y cayó desplomada en los brazos de su hija, a tiempo que Esquivel, el joven edecán de Heredia, entraba trayendo al general el aviso de que Fernando de Castro, agente de Braun y jefe de la conspiración que se acababa de sofocar había sido aprehendido.

En los ojos de Heredia brilló un rayo de gozo cruel, que al siguiente día tuvo una sangrienta traducción en numerosos y atroces suplicios.

Entre tanto, ordenó que se encadenase al prisionero y se le encerrase en uno de los calabozos del cuartel de San Bernardo, mientras se reunía el consejo de guerra que debía juzgarlo. Y sonriendo de un modo siniestro al dar esa orden, ofreció el brazo a su mujer, y se retiró.

Juana quiso quedarse con Aurelia; pero ésta le pidió la dejara sola con su madre. Abrazóla tiernamente, la despidió, y vino a postrarse a la cabecera del lecho.

La moribunda estrechó la mano de su hija entre las suyas húmedas y heladas, y le pidió por señas recado de escribir. Había perdido el habla. Aurelia bañada en lágrimas le obedeció.

La enferma atrajo a sí la cabeza de la joven, posó en su frente los labios yertos ya por la proximidad de la agonía, y le hizo señas de que se alejara e hiciera acercar al sacerdote.

Aurelia cedió su puesto, a pesar suyo, al ministro de Dios, y fue a encerrarse en su cuarto. Arrodillada ante el lecho nupcial, vacío y siniestro como un catafalco, la joven apoyó en él su frente coronada de flores, pero pálida y fría y se hundió en un desvarío doloroso.

El sonido de un timbre la arrancó bruscamente a aquel estado extraño, entre el delirio y la plegaria. Alzóse anhelante, y corrió al cuarto de la enferma. Pero al pasar el umbral dio un grito y cayó de rodillas.

Sobre aquel lecho donde pocos momentos antes la había despedido con una caricia, su madre yacía inmóvil y el rostro oculto bajo los pliegues del sudario.

El sacerdote, de pie a la cabecera del lecho mortuorio, con una mano le mostró el cielo; con la otra le entregó una carta cerrada y sellada con las armas de su casa... Algunas horas después, a la luz de los cirios que ardían en una capilla ardiente, Aurelia, sentada a la cabecera del féretro de su madre, abría con mano trémula aquella carta, y ponía en ella sus ojos...

En la noche de ese día, Juana, la linda esposa del general Heredia, sola en su retrete, hallábase recostada en los cojines de un diván.

La negligencia de su actitud, contrastaba singularmente con la expresión de su rostro que revelaba una violenta lucha interior.

Una de sus manos jugaba distraída con los rizos de su cabellera, y la otra sostenía un libro cerrado, en el que apoyaba su linda cabeza, como si cansada de buscar algo en sus páginas, lo pidiera a su ardiente imaginación.

Una mano discreta llamó suavemente en los cristales forrados de tafetán rosado que formaban la puerta.

—¿Quién está ahí? –preguntó Juana, fingiendo una voz soñolienta y cerrados los ojos.

—Una mujer encubierta desea hablar a la señora –dijo un criado entreabriendo la puerta.

A la palabra *encubierta*, los hermosos ojos de Juana se abrieron en todo su magnífico grandor. Una ola inmensa de curiosidad ahogó en su mente las ideas que la preocupaban y sacudiendo su postración, alzóse ligera, exclamando con la novelería de una niña:

—¡Una mujer encubierta! ¡Hazla entrar al momento!

Y sin tener paciencia para esperar, corrió al encuentro de la desconocida.

Pero al pasar el dintel de la puerta, una mujer enlutada, y cubierta con un tupido velo se echó en sus brazos, la hizo retroceder, cerró tras sí la puerta y volviéndose a Juana, se descubrió.

—¡Aura! ¡Tú aquí!... ¡cuando... cuando el cadáver de tu madre se halla tendido aún en la casa mortuoria!... Ángel mío, ¿qué nueva desgracia ha caído sobre ti?... ¡Habla!

Aurelia pálida, temblorosa, tendió en torno una mirada rápida y acercándose a la esposa de Heredia, estrechó convulsivamente su mano y la dijo con voz breve:

—Vengo a reclamar el cumplimiento de una promesa. ¡Juana! ¿Te acuerdas el día que me conociste?

—¡Ah! ¿podría acaso olvidarlo, ¡oh! mi ángel tutelar? Mi hijo se ahogaba en el profundo remanso de Montoya. Nadie se atrevía a socorrer al pobre niño; y yo mesando mis cabellos, lloraba desesperada debatiéndome entre los brazos de los que me impedían arrojarme en pos suya al terrible remolino.

Tú llegaste entonces; y saltando veloz de tu carruaje, vestida de gasa, coronada de flores, te arrojaste valerosamente al agua, y lo arrancaste de una muerte cierta.

Y yo me eché a tus pies, y te dije, abrazando tus rodillas:

—Si tú o alguna persona que ames necesitáis mi vida, pídemela y te la daré con gozo.

—¡Y bien!, vida por vida; yo salvé a tu hijo; salva tú, en nombre suyo a Fernando de Castro.

—¡Al conspirador boliviano! —exclamó Juana fijando en la joven una mirada de reproche—. ¿Ignoras acaso que en el acta de la revolución que encabezaba se había jurado la muerte de mi esposo y la del tuyo?

—Lo sé; y no obstante, vengo a decirte: ¡cumple tu palabra!

En los ojos de Juana brilló un destello de picaresca ironía.

—¡Ah! —dijo—, yo lo adiviné aquella noche en la primera mirada que fijaste en ese hombre: ¡lo amas!

Aurelia miró de frente a su amiga y respondió con voz firme:

—¡Sí, lo amo!

—¡Lo amas, y eres la esposa de Aguilar! ¡Desdichada!

—Lo amo —repitió la joven—, lo amo; pero mira mi frente levantada; ¿reparas en ella la sombra del rubor?

—No, que resplandece como la aureola de un arcángel —exclamó Juana, besando con efusión la frente pura de su amiga.

—Sí; fía en la naturaleza del sentimiento que me trae cerca de ti... Pero, en nombre del cielo, ¡no perdamos tiempo! Las horas pasan y el momento fatal se acerca. El consejo de guerra ha pronunciado la sentencia, Heredia la ha confirmado, y Aguilar está encargado de ejecutarla.

—¡El Consejo! ¡Heredia! ¡Aguilar! —exclamó Juana con desaliento—, ¡peñascos inaccesibles a los embates de mi seducción! ¡Dios mío!, ¿qué podré yo hacer contra sus decisiones?

—Lo ignoro. Sé únicamente que me hiciste una promesa y que debes cumplirla.

—La cumpliré aun a costa de mi vida, ángel salvador de mi hijo.

—Pues ten presente que espero. Y Aurelia cruzó los brazos sobre el pecho y se quedó inmóvil y silenciosa.

—¡Diablo!, ¡diablo! –murmuró Juana, cambiando de tono y dejándose llevar de la genial viveza que ni en los momentos más críticos la abandonaba–, ¡diablo, que sin cesar me aconsejas los celos, el odio, los deseos de venganza, inspírame, pues, algo bueno!... por ejemplo, la manera de desempeñar el juramento que reclama esta linda chica, aplicado a tan tremendo asunto... La voluntad de Heredia es omnipotente; ¡pero ah!, ¡qué soy yo para Heredia!... ¡Si fuera Fausta!, ¡oh! ¡ya sería otra cosa!...

Y en los negros ojos de Juana brilló una centella de cólera.

—¡Ama mía! –dijo una voz de mujer al otro lado de la puerta.

—*Rafa* –gritó Juana, saliendo al encuentro de la que llegaba. Rafa entró.

Era una de esas bellas mulatas cordobesas de esbeltas formas, de lánguidos ojos azules, y entre cuyos dorados cabellos parecía sonreír eternamente el sol argentino.

—Cuánto has tardado hoy, Rafa. ¡Te espero con tanta impaciencia!... Y sin embargo el corazón se estremece a la idea de los nuevos golpes que cada día le traes... Hoy, por ejemplo leo en tus ojos un dolor más sobre los que destrozan mi alma hace tiempo. No obstante, ¡habla!, dilo todo y luego, ¡que me matas de impaciencia!

– XI –

LA ESPÍA

Juana estaba pálida y en sus ojos había la ansiedad dolorosa del que a la vez anhelaba y teme. La mulata sentada a sus pies, dijo, mirando recelosa a Aurelia, que había cubierto de nuevo su rostro con el velo:

—¿Puedo hablar?

—¡Habla! –repitió la esposa de Heredia–, háblame de esa mujer, que se ha vuelto la idea fija de mis días, la pesadilla de mis noches. ¿Está con ella Alejandro?

—Al anochecer, partieron ambos para Castañares, donde ella dará mañana un banquete a sus parciales... Pero yo comienzo por el fin...

Escuche mi ama –continuó la mulata en voz baja–, aunque ello va a causarle mucha pena.

—Cuando hay rabia en el corazón, nada temas de la pena. ¡Habla!

—Ayer estaba ella en su retrete, acostada sobre un montón de cojines de terciopelo granate. Por supuesto, como siempre vestida de blanco, llevaba ahora una bata de gasa transparente, de escote y mangas perdidas, que la dejaban descubiertos los brazos, el seno y los hombros. Tenía en las manos un álbum que se entretenía en hojear entonando un trozo de ópera.

Yo arreglaba su cuarto en la pieza inmediata y la estaba mirando, oculta entre las cortinas de la puerta.

El general entró y se sentó en un taburete a sus pies.

—¡Qué! –le dijo ella–, ¿se entra así, como el Sultán en casa de su amada, sin dignarse preguntarla como está?

—Es inútil; hela ahí siempre bella y seductora –y cogiendo los extremos rizados de la cabellera, que como la de toda santiagueña, es tan abundante y larga...

Juana hundió una mano crispada en sus negros cabellos. Rafa continuó:

—¡Ay!, duéleme apesarar a mi ama, ¡pero ella me manda hablar!

—¡Habla!

—El general llevó a los labios aquellos rizos.

—¡Sacrílego! –exclamó ella, recogiendo las ondas de su cabellera con fingido enojo–. ¡Ignoras que los poetas se han consagrado a su culto y dádoles himnos y altares!

—¡Que canten! –repuso él riendo–. ¡El ídolo es mío, que canten! Y a su vez se puso a hojear el álbum.

—No obstante –añadió–, yo envidio esa divina facultad de expresar en melodías el entusiasmo del alma.

—¡Qué no diera yo por ver ahí, bajo un pensamiento suyo, el nombre de Alejandro Heredia!

—Y bien –dijo el general, alargando el brazo, y tomando una pluma de un escritorio que allí cerca había–, el genio ha llenado este libro con las alabanzas; el poder sólo necesita una línea en lo bajo de esta página blanca para trazar un talismán que te hará soberana absoluta desde la ciudadela de Tucumán hasta las orillas del Tumusla.

Y en lo bajo de la página en blanco, el general escribió su nombre.

Juana hirió el suelo con su lindo pie, y sus ojos brillaron entre las negras pestañas con un resplandor siniestro. Rafa continuó:

—Fausta miró aquella firma con un aire de desdén.

—¡Ah! –dijo, moviendo tristemente la cabeza–, ¿qué podré yo hacer de esta arma de dos filos que pones en mi mano? Aunque cercada de enemigos, no quiero volver mal por mal. Sufro por ti: ¡esto me consuela de todo!

—¡Y hay quién te mire, quién te oiga, y no caiga a tus pies! —exclamó el general doblando una rodilla y besando la extremidad del zapato de raso blanco que asomaba entre la falda...

—¡Basta! —exclamó la esposa de Heredia, con voz trémula—. Rafa, necesito ese libro; ve a traérmelo y vuelve al momento... ¿Por qué tardas? ¡Vete!

—¡Aún hay más, mi ama!

—¿Lo estás oyendo, corazón? ¡Endurécete y escucha todavía!

—Fausta sonrió tiernamente al general y añadió entre un mohín y un suspiro.

—Sin embargo, te confieso, mi bizarro Alejandro... Qué nombre tan bello es el tuyo: Alejandro... ¿Qué iba a decirte yo?... ¡Ah!... que entre esos enemigos hay uno de quien estoy perdidamente enamorada...

El rojo de la cólera invadió visiblemente el rostro del general, que fijó en Fausta una mirada feroz.

Ella se reclinó en su hombro; levantó hacia él sus ojos con zalamería y le dijo en voz baja:

—¿Sabes quién es, Alejandro? Nunca adivinarías ese rival, ni querrías dármelo, tal vez. Es un cierto tenebroso que tú conoces bien. Dizque corre como el viento. ¡Ah!, yo deseara que él y tu bayo nos llevara en una sola carrera más allá de este mundo por los espacios desconocidos, donde la fantasía crea, en dorados sueños, la mansión del amor libre y eterno... ¡Ah!, héme aquí, como siempre, cuando estoy a tu lado, Alejandro, en las regiones de lo sublime. Miedo tengo del vertiginoso descenso hasta las caballerizas donde retoza el objeto de mi anhelo.

—¡Es tuyo!... —la dijo el general.

—¡Tenebroso! —gritó Juana antes que la mulata hubiera repetido las últimas palabras de su marido—. ¡Tenebroso, mi veloz caballo, el lindo potro que yo robé, seducida por su belleza, de las yeguadas salvajes!... Hace cuatro horas que se halla en las caballerizas de Fausta.

—¡Ah!... —exclamó Juana con voz sombría—. ¡Y condenan la venganza, cuando el agravio se apodera de ella!... Yo mataré a esa mujer.

—Juana, ¿qué dices? —murmuró Aurelia, alzándose trémula del diván.

—Aura, ¡ah!, ¡perdona, alma mía!, ¡había olvidado tu presencia!

Pero hablando así, la frente de Juana se iluminó de repente con un gozo siniestro y volviéndose a la mulata:

—Rafa —la dijo—, ¿me amas?

—¡Que si la amo, me pregunta mi ama! —exclamó la mulata, contemplando a Juana con adoración—. Valdría tanto preguntar si la tierra ama al sol; o los ángeles aman a Dios. ¡Ah!, ¿quién me arrancó a la espantosa barbarie de aquel amo que me condenaba diariamente a ese suplicio inaudito: los brazos de un tirano y los azotes de un verdugo? ¿Quién me dio la libertad, ese bien de los bienes? ¡Oh, ama! —continuó la mulata, cayendo a los pies de Juana, y elevando hacia ella sus bellos ojos, radiantes de entusiasmo, a usted me debo en cuerpo y alma, y mi más ardiente deseo es hallar la ocasión de hacer, por agradarla, algún grande sacrificio.

Mi ama quiso que yo fuera una espía cerca de Fausta Belmon; y me hizo su criada favorita para acercarme a ella, para ser manera de contar los suspiros de su pecho, los latidos de su corazón; y cerré mi alma a sus caricias para aborrecerla con el odio de mi ama. Yo sé que esto es malo, que es criminal. ¡Tanto mejor!... habré hecho algo en su servicio; y si un día mi ama me dice: "Rafa, has vivido bastante, muere", Rafa morirá contenta a sus pies.

– XII –

Abnegación

—**P**ues bien, Rafa, necesito comenzar contra esa mujer una venganza tenaz, encarnizada, día por día, hora por hora; y devolverle el cáliz de dolor y humillación que me hace beber tanto tiempo.

—Mande mi ama –respondió con fervor–, ¿qué quiere de su esclava? He aquí mi puñal; diga una palabra y atravesaré el corazón a su enemiga.

—No, la muerte no me vengaría de ella. ¡Morir amada!... ¡una apoteosis! No, yo quiero que llore como yo he llorado; que pase como yo noches de desesperado insomnio; que la rabia seque su corazón y consuma su belleza como ha consumido la mía.

Hoy comienzo; y para ello ordénote que me traigas ese álbum en este momento; y que sacando a Tenebroso de las caballerizas de la santiagueña, lo coloques en algún sitio solitario, ensillado y pronto para recibir un jinete. Sobre todo, vuelve luego. La mulata se alzó de los pies de Juana y desapareció.

Aurelia se volvió en silencio hacia ésta y le mostró el reloj que señalaba las diez.

—Un instante, hermosa –la dijo Juana–, un instante y verás cumplida mi promesa... y yo... ¡principiada mi venganza! –añadió con voz sorda.

Rafa no tardó en volver, trayendo un libro que puso en las impacientes manos de Juana. Era uno de esos magníficos *Keepsake* en que el grabado inglés ostenta sus maravillas. Los dedos convulsos que lo abrieron recorrían con febril ansiedad las doradas páginas, estropeando

caballeriza – stable

impíamente los tesoros de arte y de talento que las enriquecían.

—¡Arcadia! –exclamó de repente Juana, ante una graciosa viñeta que representaba una escena pastoril en un lindo *cottage*–. ¡Arcadia!, ¡nuestra hacienda! ¡Infame!, ¡osa poner mi casa, el hogar de la esposa, el solar hereditario del hijo, entre sus vergonzosos trofeos de cortesana!

Hela ahí –continuó, mirando con saña el retrato de una mujer hermosísima–, hela ahí... La impudencia de su mirada y su cínica sonrisa están diciendo que es ella.

Al pie de ese retrato había versos magníficos de Ascasubi, llevando por epígrafe esta frase de George Sand respecto de una mujer: *theodistan*

"Soberbia como la mar, brava como una borrasca".

Proust
arrogant

—¡Y sin embargo –continuó Juana, abarcando con una severa mirada la bella composición–, lo más sublime desde la tierra, después de virtud, el genio viene con gusto a prosternarse ante esos ídolos de cieno, sin temor de enlodar sus blancas alas!

Y dobló desdeñosamente la página.

La siguiente, contenía una firma en blanco que Juana leyó sin pestañear, muda e inmóvil y el labio contraído por una sonrisa convulsiva.

—¡Ahora lo *veredes*! –exclamó, sacudiendo la cabeza con amarga burla, la picaresca morena–. Yo te haré *sentir* el uso de esa firma en la que ponías tu honor, y hasta la vida de tu esposa a merced de una aventurera.

Y arrancando la página, sentóse a un bufete, y escribió sobre ella dos líneas con la mano izquierda.

—He aquí la vida que me pides, Aura mía –dijo, tendiendo el papel a Aurelia que lo tomó presurosa–, héla ahí; pero a mi vez te impongo una condición.

—¿Cuál? ¡Habla pronto!

—¿La otorgas?

—Aunque me cueste la vida.

—Y bien, héla aquí.

Mientras así hablaba, Juana había tomado de su guardarropa un vestido de gasa blanca y trasparente, un velo y un bornuz[38] del mismo color, y con ligereza asombrosa, despojaba a Aurelia de sus lúgubres ropas y la revestía con aquella magnífica gala.

—Juana, tú me impones una profanación... ¡Esta mundana librea

38 *Bornuz*: albornoz, especie de capa con capucha utilizada por los árabes

para el duelo de mi alma!

—Yo te ruego, Aura mía... Además exijo de ti que al presentar esta orden al jefe de la guardia que custodia al prisionero, lleves el rostro así cubierto.

Y Juana bajó el velo sobre el rostro de su amiga...

—Comprendo –murmuraba Aurelia, marchando veloz a lo largo de las calles desiertas, a esa hora silenciosa.

¡Pobre Juana!, los celos han oscurecido tu alma noble y hermosa. Hoy quieres vengarte y mañana te arrepentirás amargamente de haberte vengado. No, no será así, no. ¡Yo lo echaré todo sobre mí y ahorraré el remordimiento a tu hermoso corazón, ya tan desgarrado!

Y en tanto que Juana recorría el cuarto con agitados pasos, sonriendo a la perspectiva de una venganza próxima que saboreaba de antemano con la amarga sensualidad del odio, la animosa joven marchaba con ademán severo a acometer su peligrosa empresa. Una grande luz había brillado en su alma y disipado las dudas que la atormentaban; y ahora caminaba segura llevando por guía la conciencia.

Así subió las calles que en suave pendiente conducen a San Bernardo, situado al pie de la montaña de este nombre.

El antiguo monasterio, convertido en cuartel, se alzaba al frente, imponente y silencioso, dibujando su negra mole en el azul del cielo. De tiempo en tiempo, elevábase de su recinto, como los chillidos de una ave nocturna, el agudo alerta de los centinelas colocados en las torres y bóvedas del vetusto edificio.

Aurelia llamó resueltamente a la puerta del cuartel y pidió hablar al jefe de la guardia.

El oficial que, en razón de su rigurosa consigna, velaba de pie y la mano en la espada al otro lado de la puerta, mandó abrir.

Sus ojos encontraron en el umbral, iluminada por los rayos de la luna, una mujer de gallarda figura vestida toda de blanco y el rostro oculto bajo los pliegues de su velo.

La encubierta dio hacia él un paso y le alargó un papel.

El oficial la examinó con una rápida ojeada, y cogió el papel, murmurando: "¡Ese excéntrico atavío! Esta mezcla de arrojo y de misterio... ¡Es ella! ¡Vendrá a rondar al general! ¡Cuéntanse tantas rarezas de esta hechicera!... Es ella...".

Pero el curso de sus reflexiones cambió bruscamente al leer el papel que tenía en la mano. Restregóse los ojos, y no fiando en la luz de la luna, se acercó para leerlo de nuevo a la luz del farol del cuerpo de guardia.

—¡No hay duda! —exclamó—. La orden es breve, terminante, como todas las del general Heredia... ¡Pero qué tremenda responsabilidad!... ¿Y si el general se halla... así...? Él es dado a lo espirituoso; y más de una vez ha sucedido que... Señora, el coronel Aguilar, jefe de día se halla aquí (Aurelia tembló). Deseára conferenciar con él antes de entregar al prisionero.

—¡Imposible! La orden misma que acaba usted de leer lo prohíbe, vedando toda intervención.

—Es verdad.

Y el oficial desapareció entre las arcadas del claustro. A una seña que al acercarse hizo al cabo de guardia, éste había apagado el farol; y el cuartel yacía en profundas tinieblas. Aurelia palpitante de zozobra contaba los minutos por los latidos de su corazón; pero no aguardó largo rato. Entre la oscuridad vio luego venir dos hombres cogidos por el brazo. El uno era el oficial de guardia, el otro Fernando Castro.

El oficial puso la mano del prisionero en la de su libertadora, y los acompañó hasta la calle. Luego, inclinándose al oído de aquel, díjole con un acento que a pesar suyo revelaba honda envidia:

—Confiese usted, comandante, que es violenta a no poder más la transición... pardiez... de esa barra de platinas a esos bellísimos brazos que de tal manera hacen perder la chaveta al general.

Aquellas palabras dichas a la intención de la mujer encubierta, recordaron a Aurelia lo que la angustiosa espera de esa hora la hiciera olvidar: el rol que la venganza de Juana quería imponerla.

El rubor de la vergüenza ardió en su frente y acercándose al oficial que iba ya a cerrar la puerta, apartó el velo que la disfrazaba y le mostró su rostro. Enseguida, cubriéndose de nuevo, arrastró consigo al prisionero, dejando yerto de asombro al oficial de guardia, que exclamó con terror:

—¡La esposa del coronel!

El prisionero fijó una mirada en su libertadora y deteniéndose de repente:

—En vano te ocultas, criatura celestial –la dijo–, el corazón te ha adivinado desde que tu mano tocó la mía.

—En nombre del cielo, Fernando, alejémonos de estos sitios donde cada minuto es para ti la muerte, la muerte de cuyas garras he venido a arrebatarte a riesgo de mi vida, a riesgo de mi honra... porque ya sé, ¡oh!, tú a quien he amado desde la primera mirada, ya sé qué nombre dar a ese sentimiento invencible que me lleva a ti.

—¡Amor! –exclamó el prisionero, que sin darse de ello cuenta, seguía el rápido paso de su guía, con el oído y el corazón pendientes de aquellas suaves palabras que llegaban como olas de fuego al fondo de su alma.

—¿Dónde estamos? –dijo de pronto Aurelia deteniéndose falta de aliento.

—En la falda del cerro, al lado del pozo de Yocci –dijo la mulata, que los seguía a lo lejos. Aurelia se estremeció: la sombra de un recuerdo terrible cruzó su mente. Sin embargo, dominando su terror tendió una mirada en torno.

En un recodo formado por una barranca y un grupo de algarrobos alzábase el brocal y los pilares en cal y canto de uno de esos pozos artesianos que tanto abundan en las cercanías de la ciudad. Un caballo magnífico, negro como el ébano estaba atado por la brida a uno de los pilares del pozo, y piafaba impaciente hollando la tierra cubierta en ese paraje de menuda yerba.

—Ahí está Tenebroso –añadió Rafa– ensillado y listo espera a su jinete que demasiado ha tardado ya.

Y la mulata se alejó.

– XIII –

EL SACRIFICIO

—He aquí todo propicio para la fuga –dijo Aurelia volviéndose a su compañero, que la estaba contemplando con una ardiente mirada–, la hora, el silencio, un buen caballo; ¿por qué tardas? ¡Huye!

—¡Huir! ¡Huir sin ti! Separarnos cuando nos une el amor.

—¡Desventurado! –exclamó Aurelia, retrocediendo espantada ante aquella revelación–. No pronuncies esa palabra; entre nosotros es un sacrilegio.

—¡Ah! –replicó él, asiendo con ademán impetuoso la mano de la jóven–, ¿qué nombre das tú que sabes cómo se llama el sentimiento que te inspiro, qué nombre das al sublime arrojo con que llevada de ese sentimiento has desafiado tantos peligros para salvarme? ¿Qué nombre das a ese dulce *tú* que derrama en mi corazón un mar de delicias? Y esa tierna mirada que estás fijando en mis ojos, ¿qué se llama? ¡Llámase amor!

Y enlazó a Aurelia con sus brazos. La joven rechazó horrorizada aquel brazo. Una luz terrible iluminó su mente. En el inocente abandono de sentimiento puro, ella misma había dado la imagen de la verdad al funesto error que ofuscaba el alma del proscrito y lo sostenía en aquellos sitios donde lo amenazaba la muerte.

—¡Madre! –murmuró–, ¡perdón! Otros ojos que los míos van a leer el secreto de tu vida; pero yo sé que me apruebas desde el cielo, porque lo ves, madre mía; no hay otro medio de salvarlo.

Y acercándose a Fernando fijó en él una tierna y dolorosa mirada, y le dijo, alargándole un papel:

—¿Quieres conocer la naturaleza del sentimiento que nos une un lazo tan estrecho, y más dulce que el del amor? ¡Lee! y besa mi frente, caigamos de rodillas, oremos juntos, y ¡parte!

El joven tomó el papel con mano ansiosa y lo desdobló a la luz de la luna.

Pero a medida que leía, su frente se tornaba pálida, en sus ojos se pintó el espanto, y sus cabellos se erizaron.

—¡Era mi hermana! –exclamó en una explosión de dolor y de cólera–. ¡Oh! –continuó, arrojando lejos de sí aquel papel–, yo iré a buscarte más allá de este mundo, mujer cruel, que, esclava del orgullo humano, abandonaste impía al hijo de tu oprobio para ornar con la aureola de la virtud tu frente mancillada; que, alejando al hermano de la hermana, eres causa de que el amor santo que debió unirlos, se convirtiese en un sentimiento criminal, en una fuente de eterno dolor; yo iré a buscarte hasta el infierno mismo, para decirte: ¡Maldita seas!

Y el proscrito saltando sobre el veloz caballo desapareció.

Al escuchar esa horrible maldición, Aurelia exhaló un grito y se apoyó desfallecida en uno de los pilares del pozo.

Las fuerzas de su cuerpo y de su espíritu estaban agotadas; una extraña obscuridad inundó su mente y la dejó en un estado que participaba del síncope y de la vigilia.

Una mano que se posó en su hombro la despertó de repente del enajenamiento en que yacía.

Aguilar pálido, sombrío, terrible estaba delante de ella.

—No has podido engañarme, pérfida –exclamó con su voz sorda, fijando en su esposa una siniestra mirada–; yo sabía que amabas al conspirador boliviano desde aquella noche que estuviste en poder suyo. ¡Y lo negabas! y tu frente se coloreaba con la indignación de la virtud, mientras hollando tu honor y el mío, te preparabas a substraerlo al castigo que le esperaba. ¿Qué has hecho de él? ¡Habla! No es tu esposo el que está delante de ti, es un juez que va a pronunciar tu sentencia y ejecutarla.

¿Qué has hecho del conspirador? ¡Habla!

—Lo he salvado –respondió Aurelia–, pero el sentimiento que me guiaba no era culpable, Aguilar; era un afecto puro, santo, yo te lo juro.

—¡Pruébalo! ¡Ah! ¡Yo daría mi alma por creerlo! –y una lágrima surcó su pálida mejilla, y con una voz impregnada de dolor y de rabia, repetía–: ¡Pruébalo!

—Y si no me es dado probarlo sino con un juramento, ¿me creerás Aguilar?

—¡Ya ves que mentías!

De súbito, Aurelia dio un grito y se precipitó sobre un objeto que ocultó en su pecho.

Era el papel que arrojó Fernando y que yacía en tierra olvidado. Aguilar lo vio.

—¿Qué encierra ese papel? ¡Necesito verlo!

—¡Mi secreto!... ¡Jamás!

Aguilar fuera de sí se arrojó a su mujer y sujetando sus manos con una de las suyas:

—¿Me darás ese papel? –gritó.

Aurelia hizo un supremo esfuerzo, se desasió de sus manos, y exclamó con energía:

—Aguilar, ¡mátame, pero no me pidas este papel!

Entonces hubo una lucha, corta, pero atroz, encarnizada, horrible, entre el ser fuerte y el ser débil, entre la fuerza física y la fuerza sublime de una voluntad enérgica. Aguilar hizo esfuerzos inútiles para arrancar aquel papel de entre los dedos crispados de Aurelia que lo retenían como una tenaza de hierro.

—Me darás ese papel –repitió Aguilar ciego de cólera.

—¡No!

—¿No?

—No, mil veces no...

La voz de Aurelia se perdió en un sordo gemido. El puñal de Aguilar se había hundido en su seno.

El asesino se hizo dueño de aquella carta precio de su crimen; y con la sangre fría de una celosa rabia satisfecha, desciñóse la faja roja que contenía sus armas, ató con ella una piedra al cuello a su víctima y la arrojó al pozo.

Y luego desplegando el papel que apretaba su convulsa mano, lo expuso al rayo de la luna y leyó...

De repente la palidez de la cólera dio lugar a la palidez del espanto. Una nube sangrienta oscureció sus ojos; su corazón cesó de latir, y su lengua helada balbuceó con acento desesperado: "¡Era su hermano!".

Tres días después, el general Heredia, paseando con algunas señoras en los bosquecillos floridos de San Bernardo, encontró sentado sobre una roca un hombre pálido y sombrío, con los vestidos en desorden, la cabeza descubierta y la mirada fija:

—¡Es un loco! —dijeron las señoras, agrupándose medrosas detrás del general.

—No —dijo Heredia, reconociéndolo—, es el esposo ultrajado de la infame que abandonando hasta el cadáver insepulto de su madre, ha huido con el conspirador boliviano.

Aquellas palabras despertaron a Aguilar de la enajenación en que yacía. Las ideas vagas que en oleadas ardientes se entrechocaban en un cerebro, tomaron de pronto una fijeza terrible. Midió con un solo pensamiento la enormidad de su crimen y sus fatales consecuencias. No sólo había asesinado a su esposa, ocultando su delito, la había deshonrado. Un remordimiento profundo, un dolor sin nombre invadieron su alma; y corriendo hacia el general, sus labios se abrieron ya para acusarse y justificar a Aurelia; pero dirigiendo una segunda mirada al fondo de su conciencia, se vio tan horrible, que por la primera vez de su vida, tuvo miedo y calló.

Desde aquel día su valor se convirtió en ferocidad; su dolor en una rabia insaciable contra la humanidad entera.

En las batallas, en los combates de guerrilla, y en los frecuentes motines militares de aquella época, Aguilar jamás daba cuartel; mataba sin piedad; se bañaba con placer en la sangre de sus víctimas, y contemplaba con avidez sus agonías.

El desdichado quería olvidar, quería sepultar en un abismo de atrocidades el recuerdo de su crimen. ¡Vana esperanza! Sobre la sangre de los bolivianos y de los soldados rebeldes, veía aparecer otra sangre que clamaba contra él; y entre los gritos de los combatientes y los clamores de los moribundos, oía siempre elevarse un sordo gemido, siguiéndose luego el ruido de un cuerpo que cae en el agua.

Entonces, hundiendo las espuelas en los flancos de su caballo, huía de aquel sitio creyendo huir del implacable recuerdo; y atravesaba los llanos, los bosques y las montañas, corriendo, corriendo siempre hasta que su caballo sin fuerza, exánime, caía bajo de él. Y los pastores de aquellas comarcas que entre las tinieblas veían pasar al sombrío jinete, como una exhalación en la fantástica velocidad de su carrera, hacían, temerosos, la señal de la cruz y recitaban sus más devotas plegarias, creyendo que era el demonio de la noche.

– XIV –

La derrota

Un día, a la cabeza de su regimiento, Aguilar se encontró haciendo parte de un ejército formado en batalla sobre el llano que se extiende a la falda del Montenegro. Al frente en el extremo opuesto de la llanura, extendíase la línea del ejército boliviano.

Siempre sediento de sangre, Aguilar entretenía su impaciencia señalando con la vista el número de sus víctimas, en tanto que sonara la deseada señal del combate, que no se hizo esperar mucho tiempo.

Entonces, los antiguos hermanos de armas bajo el lábaro[39] azul de la libertad, separados por el odio fratricida de partido, enarbolando los unos el negro estandarte de la confederación argentina, los otros el tricolor de la confederación perú–boliviana, enseñas de degeneración e ignominia, se arrojaron unos sobre otros como tigres hambrientos, haciendo luego de aquel campo un lago de sangre sembrado de cadáveres.

En lo más encarnizado del combate, Aguilar divisó un hombre que con la espada desnuda y destilando sangre, atravesaba como el rayo los batallones argentinos, dejando en pos la muerte y el espanto.

En el aspecto de aquel hombre había algo de fantástico propio a aumentar el terror que inspiraba su arrojo. Montaba un caballo negro

---

39   *Lábaro*: (metáf.) bandera, por el estandarte que usaban los emperadores romanos

como la noche, y su ancha capa del mismo color flotaba a su espalda al agrado del viento, como las alas de la fatalidad.

Aguilar vio cejar a los suyos ante aquel formidable guerrero; y arrojándose a él, alcanzóle al momento en que retiraba la espada humeante del pecho de un enemigo, y lo atravesó con la suya.

El incógnito volvió sobre él como un tigre; pero las fuerzas le faltaron de repente; el acero se escapó de su mano, extendió los brazos y su cuerpo inanimado se deslizó del caballo, que siguió su rápido curso y desapareció.

Aguilar, fiel a su bárbara costumbre, se inclinó sobre el arzon para contemplar su víctima. Pero al fijarse en el rostro del cadáver, sus ojos se dilataron de horror y sus cabellos se erizaron.

—¡¡Fernando de Castro!! –exclamó inmóvil en medio a los torbellinos de humo que lo envolvían–. ¡Fernando de Castro! –repetía. Y una voz lúgubre se elevó desde el fondo de su alma, gritándole–: ¡Asesino de la hermana! ¡Matador del hermano! ¡Maldito seas! ¡Maldito! ¡Maldito!

De súbito, una inmensa oleada de fugitivos chocó contra él y lo arrastró lejos del campo de batalla. En vano Aguilar ciego de rabia y deseando matar y morir, cerraba el paso a sus soldados y los hería sin misericordia; a pesar de sus esfuerzos unidos a los otros jefes, el ejército entero se desbandó, y los argentinos, por vez primera huyeron ante sus enemigos.

– XV –

La voz de la conciencia

Poco tiempo después, uno de los dos colosos que pesaban sobre la parte meridional de la América latina cayó en Ancasch, y la paz con Bolivia se restableció.

Aguilar, encadenado a pesar suyo a la vida y a la inacción, encontró intolerable la vista de los sitios, testigos de su crimen, y huyendo de Salta, refugióse en el seno tumultuoso de la Metrópoli.

Muy luego, convertido en seide de Rosas, y capitaneando la Mazorca, espantó a Buenos Aires con la crueldad de sus hechos. Pero la sangre del asesinato, como la sangre del combate, no podía embriagarlo; y sobre los horrores del presente flotaba siempre el recuerdo del pasado, fatal, imborrable, eterno.

Desesperado, procurando escapar al delirio de la locura que comenzaba a invadirlo, Aguilar se arrojó en el seno del vicio. Repartió su vida entre el juego, el vino y las mujeres; llamó a las puertas de la orgía; hizo pacto con el escándalo, y formándose una corte con los esclavos del libertinaje, reinó en ella con un poder absoluto.

Ningún bebedor se atrevía a luchar con él; los jugadores temblaban cuando veían en su mano los dados, porque estos jamás tenían para él azar; y la mujer que obtenía una sola de sus miradas, caía para siempre a sus pies.

Pero entre los vapores de la orgía como entre el humo de la pólvora, veía siempre levantarse la pálida sombra de Aurelia; en medio a las báquicas canciones, un eco lejano remedaba su último gemido.

Entonces, arrebatado por un extraño frenesí entregábase a furiosos excesos, rompía, destrozaba cuanto se le ponía adelante; apuraba sin resultado el opio y los licores espirituosos; asía por la garganta a la más bella de sus compañeras de disolución, estrechábala en sus brazos hasta ahogarla y ensangrentaba sus labios con rabiosos besos. Y aquellas mujeres, gastadas por el vicio, ávidas de emociones, y fascinadas por el misterioso ascendiente de ese hombre a quien creían un ser sobrenatural, sufrían con placer, y se disputaban la tortura que él se dignaba imponerla.

– XVI –

El juicio de Dios

Una noche que en alegre algazara y entre la multitud de sus ebrios amigos, salía de uno esos banquetes, Aguilar sintió una mano fría apoyarse en su brazo. Volvióse, y vio a su lado una mujer vestida de blanco y el rostro oculto bajo un largo velo.

—Cuál de ellas eres, mi bella disfrazada –la dijo alegremente–. ¿Margarita?... ¿Julia?... ¿Tránsito?... ¿Pepa?...

Silencio... Ninguna repuesta se hizo oír bajo el misterioso velo; y sólo las voces discordantes de las nombradas chillaron acá, allá y acullá:

—¿Qué me quieres, hermoso Aguilar, me llamas?

—Aquí estoy, Aguilar.

—¡Pues bien! –continuó él–, quienquiera que seas; juro que no te arrepentirás de haberme elegido por tu caballero; y aunque habitaras una cuadra más allá del otro mundo, yo te llevaré en mis brazos, si tus piececitos se cansan de caminar.

—¿Quién es el temerario que habla de esa tierra a las doce de la noche? –gritó una graciosa morena, ocultándose entre alegre y asustada, bajo la capa de su compañero.

—A las doce de la noche, y con el *pampero* [40] encima –replicó otro.

---

40   *Pampero*: viento del sector Sudoeste, fuerte, frío y seco, producto de frentes de aire frío que cruzan las llanuras pampeanas.

—Es Aguilar, que va requebrando a su espada, cual si fuera una mujer –dijo riendo a carcajadas un comandante de alabarderos–. Señores, ¡hurra! el rey de los bebedores se emborrachó por fin. ¡Hurra!

Aguilar oyó a lo lejos las alegres voces de sus compañeros que se iban cantando con alegre bulla, mientras la misteriosa dama enlazado el brazo al suyo en un contacto impalpable, cruzaba la ciudad, dejaba atrás los campos y atravesaba los espinos con un paso rápido, que poco a poco fue convirtiéndose en un soplo impetuoso; y entre las ráfagas sombrías del huracán, Aguilar divisaba los llanos, los bosques y las montañas huyendo con celeridad vertiginosa.

De repente, las blancas cúpulas de una ciudad se alzan en el horizonte; se acercan, llegan... Aguilar y su guía atraviesan sus calles... Un puente está allí delante... un puente que él no había pasado desde una época de funesta memoria. Quiere detenerse; quiere retroceder, pero siente que su brazo está soldado al de la silenciosa dama, que cada vez más vaporosa lo arrastró consigo a un rápido torbellino, al borde mismo de un pozo que él veía sin cesar, así en el sueño como en el desvelo.

Y Aguilar vio con espanto que el largo ropaje de su compañera tomaba una forma transparente y vaga, ora semejante al blanco sendal de una desposada, ora al rayo de la luna sobre los vapores de un lago; y la brisa de la noche replegando el velo de niebla que la cubría, dejó ver la figura pálida de una mujer que sonrió tristemente a Aguilar, mostrándole su seno rasgado por una ancha herida; y una voz parecida al gemido del viento llevó a su oído estas palabras:

—¡Heme aquí, esposo mío! Heme aquí, no rozagante y bella como al pie del altar, sino pálida y fría cual me puso tu primer beso... Míralo: sangra todavía; pero tú amas la sangre y su vista te regocijará. ¡Oh! ¡Ven! Mis manos están heladas; yo quiero calentarlas en tu pecho. ¡Ven! ¡Cuánto tiempo me has dejado sola en el lecho nupcial! ¡Yo te echo de menos a mi lado, y quiero dormir en tus brazos el eterno sueño! ¡Ven!

Aguilar mudo de terror quiso huir; pero de repente se sintió envuelto en el velo azulado del fantasma. Unos labios yertos ahogaron en su boca un grito de espanto y un helado brazo estrechó su cuerpo, que rodó, precipitado en la negra profundidad del pozo.

Thank you for acquiring

EL POZO DEL YOCCI

from the
Stockcero collection of Spanish and Latin American significant books of the past and present.

This book is one of a large and ever-expanding list of titles Stockcero regards as classics of Spanish and Latin American literature, history, economics, and cultural studies. A series of important books are being brought back into print with modern readers and students in mind, and thus including updated footnotes, prefaces, and bibliographies.

We invite you to look for more complete information on our website, **www.stockcero.com**, where you can view a list of titles currently available, as well as those in preparation. On this website, you may register to receive desk copies, view additional information about the books, and suggest titles you would like to see brought back into print. We are most eager to receive these suggestions, and if possible, to discuss them with you. Any comments you wish to make about Stockcero books would be most helpful.

The Stockcero website will also provide access to an increasing number of links to critical articles, libraries, databanks, bibliographies and other materials relating to the texts we are publishing.

By registering on our website, you will allow us to inform you of services and connections that will enhance your reading and teaching of an expanding list of important books.

You may additionally help us improve the way we serve your needs by registering your purchase at:
http://www.stockcero.com/bookregister.htm

Lightning Source UK Ltd.
Milton Keynes UK
UKOW052027061011

179866UK00001B/167/A